El tiempo de los asesinos

Literatura

Henry Miller

El tiempo de los asesinos

Un estudio sobre Rimbaud

El libro de bolsillo
Literatura
Alianza Editorial

Título original: *Rimbaud, or The Time of the Assassins*

TRADUCTOR: Roberto Bixio
 REVISIÓN: Mercedes Fernández

Primera edición en «El libro de bolsillo»: 1983
Tercera reimpresión: 1998
Primera edición en «Área de conocimiento: Literatura»: 2003

Diseño de cubierta: Alianza Editorial
Ilustración: Ángel Uriarte

Reservados todos los derechos. El contenido de esta obra está protegido por la Ley, que establece penas de prisión y/o multas, además de las correspondientes indemnizaciones por daños y perjuicios, para quienes reprodujeren, plagiaren, distribuyeren o comunicaren públicamente, en todo o en parte, una obra literaria, artística o científica, o su transformación, interpretación o ejecución artística fijada en cualquier tipo de soporte o comunicada a través de cualquier medio, sin la preceptiva autorización.

© New Directions, 1956
© Alianza Editorial, S. A., Madrid, 1983, 1993, 1995, 1998, 2003
 Calle Juan Ignacio Luca de Tena, 15;
 28027 Madrid; teléfono 91 393 88 88
 www.alianzaeditorial.es
 ISBN: 84-206-5509-0
 Depósito legal: M. 52.621-2002
 Impreso en: EFCA, S. A.
 Parque Industrial «Las Monjas»
 28850 Torrejón de Ardoz (Madrid)
 Printed in Spain

Prefacio

En octubre pasado se cumplieron cien años del nacimiento de Rimbaud. En Francia, el centenario se celebró de forma espectacular. Escritores famosos de todo el mundo fueron invitados a hacer la peregrinación a Charleville, su pueblo natal. Los festejos adquirieron características de acontecimiento nacional. En cuanto a Rimbaud, es probable que se revolviera en su tumba.

Desde su muerte, parte de la voluminosa obra de Rimbaud ha sido traducida a muchos idiomas, entre ellos el turco y el bengalí. Allí donde sigue alentando el gusto por la poesía y la aventura, su nombre es un santo y seña. En los últimos años, el culto de los rimbaudianos ha alcanzado proporciones fantásticas y los trabajos consagrados a su vida y su obra aumentan vertiginosamente. De ningún otro poeta de los tiempos modernos puede decirse que despierte el mismo interés o reciba la misma consideración.

Con la sola excepción de *Una temporada en el infierno* y las *Iluminaciones*, sólo un número muy reducido de sus obras ha conseguido abrirse paso en nuestro idioma; y aun estas pocas traducciones revelan una amplia e inevitable multiplicidad de interpretaciones. Pero, por arduos e inasibles que puedan ser su estilo y su pensamiento, Rimbaud no es intraducible. Hacerle justicia es otra cosa. Todavía tiene que surgir en el idioma inglés un poeta que pueda hacer por Rimbaud lo que Baudelaire hizo por Poe o Nerval por el *Fausto* o Morel y Larbaud por el *Ulises*.

Quiero que quede bien claro que este somero estudio, escrito hace diez años, no es sino el fruto de mi frustrada tentativa de traducir válidamente *Una temporada en el infierno*. Abrigo todavía la esperanza de dar algún día ese texto en un idioma más próximo a la lengua «negra» de Rimbaud. Los autores de *Really the Blues* o un hombre como Lord Buckley* están más cerca de Rimbaud, aunque no lo adviertan, que los poetas que lo han adorado e imitado.

Sólo ahora empieza a entenderse lo que Rimbaud hizo por el idioma, y no sólo por la poesía. Y creo que lo entienden más los lectores que los escritores. Por lo menos en nuestro país. Casi todos los poetas franceses modernos han sido influidos por él. Casi podría decirse que la poesía francesa contemporánea lo debe todo a Rimbaud. Pero, hasta hoy, nadie ha logrado ir más allá, ni en osadía ni en inventiva. El único poeta vivo capaz de hacerme sentir algo parecido al placer y el entusiasmo que Rimbaud despierta en mí es St. John Perse. (Cosa curiosa, su *Vents* fue traducido aquí mismo, en Big Sur, por Hugh Chisholm.)

El texto que aquí se reproduce fue inicialmente publicado en dos partes en New Directions**. Desde entonces, ha aparecido en francés y alemán, ambas ediciones publicadas en Suiza***, justamente el país menos apto para que lo asociemos al genio de Rimbaud. En esta edición, se ha invertido el orden de las dos partes. Y tal vez debería agregar que, al prin-

---

* Véase el álbum de discos «Euphoria», editado por Grabaciones Vaya.
** Volúmenes anuales 9 y 11.
*** La edición francesa fue publicada por Mermod, Lausana, y la alemana por Verlag der Arche, Zurich.

cipio, mi intención fue escribir otras dos más, pero luego abandoné la idea.

Creo sinceramente que, ahora más que nunca, Estados Unidos necesita familiarizarse con esta figura legendaria. (Y lo mismo puede decirse de ese otro extraordinario poeta francés que se suicidó hace un siglo: Gérard de Nerval.) Nunca como ahora estuvo tan amenazada la existencia misma del poeta. A decir verdad, las especies norteamericanas están en peligro de extinguirse definitivamente.

Cuando Kenneth Rexroth supo de la muerte prematura de Dylan Thomas, redactó rápidamente un «memorial» llamado *No matarás**. Escrito en el ardor del momento, sin pensar en su publicación, no tardó en circular traducido a varias lenguas. Si alguien duda de la suerte que nuestra sociedad reserva al poeta, que lea este «Memorial» en homenaje al poeta galés, autor del *Portrait of the Artist as a Young Dog*.

El estado y la condición del poeta –y empleo el término tanto en su sentido estricto como en el más amplio– revela, sin lugar a dudas, el verdadero estado de la vitalidad de un pueblo. En China, Japón, África –el África primitiva– y la India, la poesía es aún indestructible. Lo que evidentemente falta en este país y de cuya carencia ni siquiera somos conscientes, es el soñador, el loco inspirado. ¡Con qué siniestro regocijo hurgamos, cuando llega el momento de cavarle la fosa, en la «inadaptación» del solitario, el único auténtico rebelde de una sociedad putrefacta! Y, sin embargo, son estas figuras, precisamente, las que dan sentido al zarandeado término «inadaptación».

En un ensayo sobre «Baudelaire político», aparecido el 25 de enero de 1955 en la revista *Beaux Arts*, escribe Maurice Nadeau: «Dans *Mon Coeur mis á nu*, il veut faire sentir sans cesse (qu'il se sent) étranger au monde et á ses cultes. C'est le monde de la bourgeoisie dont "la morale de comptoir" lui "fait horreur", "un monde goulu, affamé de matérialités", in-

---

* Publicado por Horace Schwartz, P. O. Box 53, Sunnyvale, Calif., 1955.

fatué de lui même et qui ne s'aperçoit pas qu'il est entré en décadence, un monde que dans une singulière prophétie il voit de plus en plus "américanisé", "voué á l'animalité", "ou tout ce qui ne sera pas l'ardeur vers Plutus sera réputé un immense ridicule"»*.

Lo más impresionante en los grandes poetas del siglo XIX y también del XX, es su vena profética. A diferencia de Blake y de Whitman, cuyas obras están saturadas del éxtasis de una visión cósmica, nuestros poetas contemporáneos moran en las profundidades de una selva negra. El embrujo del milenio, que obsesionara a visionarios como Joaquim de Floris, Hieronymus Bosch y Pico della Mirandola, y que hoy es más atormentadoramente inminente que nunca, ha sido reemplazado por la servidumbre de la aniquilación total. Frente a la vorágine de caos y sombra que se avecina –verdadera confusión total–, los poetas de hoy retroceden, embalsamándose en un lenguaje críptico, cada vez más incomprensible. Y, a medida que van desapareciendo uno tras otro, los países que los vieron nacer se van arrojando de cabeza a su propia perdición.

Este asesinato –pues no es otra cosa– pronto llegará a su fin. A medida que la voz del poeta es acallada, la historia pierde significado y la promesa escatológica irrumpe como una nueva y espantosa aurora sobre la conciencia del hombre. Sólo ahora, al filo del precipicio, podemos advertir que «todo cuanto nos enseñaron es falso». La prueba de esta desoladora afirmación la encontramos todos los días, en todos los dominios: en el campo de batalla, en el laboratorio, en la fábrica, en los periódicos, en la escuela, en las iglesias. Vivimos entera-

---

* «En *Mi corazón al desnudo* quiere hacernos sentir sin cesar (que se siente) extraño al mundo y a sus cultos; a ese mundo burgués cuya "moral de mostrador" le "horroriza", "un mundo ávido, hambriento de materialismo", infatuado de sí mismo y que no advierte que ha entrado en decadencia, un mundo que en una singular profecía ve cada vez más "americanizado", "entregado a la animalidad", "en que todo cuanto no sea el ardor hacia Pluto será considerado inmensamente ridículo".»

mente en el pasado, nutridos de pensamientos muertos, de credos muertos, de ciencias muertas. Es el pasado, no el futuro, lo que nos devora. El futuro siempre ha pertenecido y seguirá perteneciendo al poeta.

Tal vez, al huir del mundo, Rimbaud salvó su alma de una suerte peor que la que le estaba reservada en Abisinia. Tal vez *La Chase spirituelle,* si llega a salir alguna vez a la luz, nos dé la clave perdida. Tal vez, quién sabe, nos dé el eslabón que falta entre *Una temporada en el infierno* y esa «Navidad en la tierra», que en un tiempo fuera realidad para el soñador adolescente.

En el lenguaje simbólico del alma, Rimbaud describió todo cuanto está ahora sucediendo. A mi modo de ver, no hay ninguna discrepancia entre su concepción del mundo y de la vida eterna y la de los grandes innovadores religiosos. Una y otra vez se nos ha exhortado a crear una nueva visión del cielo y de la tierra, a empezar de nuevo, a dejar que los muertos entierren a sus muertos, a vivir como hermanos en la carne, a hacer de la Navidad sobre la tierra una realidad. Repetidamente se nos ha advertido que, a menos que el deseo de una vida nueva se transforme en una viva convicción en cada uno de nosotros, la existencia terrena nunca dejará de ser otra cosa que un purgatorio o un infierno. El único interrogante con que debemos enfrentarnos es: ¿hasta cuándo podemos retrasar lo inevitable?

Cuando pensamos que fue sólo un niño aquel que sacudió al mundo por las orejas, ¿qué nos queda por decir? ¿No hay acaso algo tan *milagroso* en la aparición de Rimbaud sobre la tierra como en el despertar de Gautama o en la aceptación de la cruz por Jesucristo o en la increíble misión liberadora de Juana de Arco? De cualquier manera que se interprete su obra o se explique su vida, está más vivo que nunca. Y el futuro le pertenece aunque no haya futuro.

HENRY MILLER
Big Sur, California, 1955

Primera parte
Analogías, afinidades, correspondencias y repercusiones

Fue en 1927, en el sótano de una sórdida casa de Brooklyn, donde oí mencionar por primera vez el nombre de Rimbaud. Tenía por aquel entonces treinta y seis años y me encontraba sumido en las profundidades de mi propia e interminable «temporada en el infierno». En la casa había un libro fascinante sobre él pero nunca le eché ni siquiera un vistazo, porque detestaba a la mujer a quien pertenecía y que vivía en esa época con nosotros. Esa mujer era, en su porte, conducta y temperamento, como descubrí después, lo más parecida a Rimbaud que cabe imaginar.

Como decía, aun cuando Rimbaud era el perpetuo y absorbente tema de conversación entre Thelma y mi mujer, no hice ningún esfuerzo por conocerlo. En realidad, me debatí como un verdadero demonio para desterrarlo de mi mente; se me antojaba entonces que era él, precisamente, el genio maléfico que, involuntariamente, inspiraba todas mis angustias y desdichas. Veía que Thelma, a quien despreciaba, se había identificado con él y lo imitaba en todo lo que podía, no sólo en su conducta sino hasta en la clase de poesía que escribía. Todo se aliaba para hacerme repudiar su nombre, su influencia, su existencia misma. Me encontraba por aquel entonces en el peldaño más bajo de mi carrera, con la moral hecha pedazos. Me recuerdo sentado en ese sótano frío y húmedo, tratando de escribir con un lápiz a la luz vacilante de una vela. Trataba de escribir una obra de teatro sobre mi propia tragedia. Nunca logré pasar del primer acto.

En ese estado de desesperación y esterilidad, era natural que me mostrara profundamente escéptico sobre el genio de un poeta de diecisiete años. Todo lo que sabía de él me parecían inventos de esa loca de Thelma. En esa época, era capaz de creer que ella podía conjurar los más sutiles tormentos con que fastidiarme, ya que me detestaba tanto como yo la detestaba a ella. La vida que llevábamos los tres y que he narrado extensamente en *La crucifixión en rosa,* parecía extraída de uno de los relatos de Dostoyevski. Hoy me parece irreal, increíble.

De todos modos, la cuestión es que el nombre de Rimbaud se me quedó grabado. Aunque no echaría un vistazo a su obra hasta seis o siete años después, en casa de Anaïs Nin, en Louveciennes, su presencia no me abandonó nunca. Y era una presencia molesta. «Algún día tendrás que habértelas conmigo», me repetía incesantemente su voz en el oído. El día que leí la primera línea de Rimbaud, recordé de pronto que Thelma se deshacía en elogios hacia *Le Bateau ivre.* ¡El barco ebrio! Qué expresivo resulta ahora ese título, después de todo cuanto he vivido y experimentado. Mientras tanto, Thelma murió en un manicomio, y si yo no hubiera ido a París y no hubiera comenzado a trabajar en serio, creo que habría terminado como ella. En ese sótano de los altos de Brooklyn, mi propio barco había encallado. Cuando, finalmente, la quilla estalló y me encontré en alta mar, navegando a la deriva, me di cuenta de que estaba libre y que la muerte por la que acababa de pasar me había liberado.

Si el período de Brooklyn fue mi «temporada en el infierno», el de París, especialmente entre 1932 y 1934, fue el de mis «iluminaciones».

En esa época, en que me sentía como nunca fecundo, jubiloso y exaltado, tropecé con una obra de Rimbaud, pero tuve que dejarla de lado, ya que mi propia obra me resultaba más importante. Me bastó echar una ojeada a sus escritos para darme cuenta de lo que me esperaba. Eran pura dinamita, pero antes tenía yo que medir mis fuerzas. En ese entonces, no sabía nada de su vida, salvo alguna que otra migaja que Thelma dejara caer años atrás. No había leído aún nada de su biografía. Fue en 1943, mientras vivía en Beverly Glen, con John Dudley, el pintor, cuando empecé a leer algo sobre él. Leí *Una temporada en el infierno*, de Jean-Marie Carré, y luego la obra de Enid Starkie. Quedé atónito, abrumado. Me pareció que jamás había leído nada sobre una vida tan desdichada como la de Rimbaud. Olvidé completamente mis propios sufrimientos, mucho más negros que los suyos. Olvidé las frustraciones, las humillaciones que había soportado, los abismos de desesperación e impotencia en que me hundiera una y otra vez. Como Thelma en los viejos tiempos, no hacía otra cosa que hablar de Rimbaud. Todo el que venía a mi casa tenía que aguantar la misma cantinela.

Sólo ahora, dieciocho años después de haber oído pronunciar por primera vez su nombre, estoy realmente en condiciones de verlo nítidamente, de leerlo como un clarividente. Ahora *sé* cuán grande fue su contribución y qué terribles sus tribulaciones. Ahora comprendo el sentido de su vida y de su obra, al menos en la medida en que podemos entender la obra y la vida de alguien fuera de nosotros mismos. Pero lo que veo más claramente es cómo pude milagrosamente escapar a su misma horrible suerte.

Rimbaud experimentó su gran crisis a los dieciocho años, momento en que llegó al borde de la locura. Desde entonces, su vida fue un interminable desierto. Yo sufrí mi crisis entre los treinta y seis y los treinta y siete, edad a la que murió Rimbaud. Desde ese momento mi vida comenzó a florecer. Rimbaud abandonó la literatura para vivir. Yo tomé el camino inverso. Rimbaud huyó de las quimeras que creara; yo corrí a su encuentro. Llamado a la cordura por la propia locura y el despilfarro que significa la mera experiencia de vida, me detuve para encauzar toda mi energía hacia la creación. Me puse a escribir con el mismo fervor y el mismo celo con que me había dedicado a vivir. En vez de perder mi vida, la gané; se sucedieron los milagros y todas las desgracias parecieron transformarse en algo positivo. Rimbaud, por el contrario, aunque entregado a un mundo de atmósferas y panoramas fabulosos, de fantasías tan extrañas y maravillosas como sus poesías, fue haciéndose cada vez más amargo, taciturno, vacío y luctuoso.

Rimbaud devolvió la literatura a la vida. Yo he tratado de devolver la vida a la literatura. En ambos es igualmente poderoso el impulso confesional e igualmente potente la preocupación moral y espiritual. La predilección por la *lengua,* por la música, antes que por la literatura misma, es otro rasgo que tenemos en común. Como en su caso, mi naturaleza intrínsecamente primitiva se manifiesta de extraña manera. Claudel lo llamó «un místico en estado salvaje». Nada podría describirlo mejor. Rimbaud no «pertenecía» a ninguna parte. Yo siempre he pensado otro tanto de mí mismo. Los paralelos son innumerables. Me ocuparé de ellos con cierto detalle, porque al leer sus biografías y su correspondencia, me parecieron tan evidentes las coincidencias que no pude resistir la tentación de anotarlas. No creo ser el único: creo que hay muchos Rimbauds en este mundo y que su número aumentará fatalmente con el tiempo. Creo que en el mundo futuro, el tipo Rimbaud reemplazará al tipo Hamlet y al tipo Fausto. La tendencia es hacia una escisión aún más honda. Hasta que el mundo antiguo se haya extinguido totalmente, el individuo «anormal» tenderá, cada vez más, a convertirse en norma. El hombre nuevo se encontrará a sí mismo sólo cuando haya cesado la pugna entre la colectividad y el individuo. Entonces veremos al tipo *humano* en todo su esplendor.

Para advertir toda la importancia de la «temporada en el infierno» de Rimbaud, que duró dieciocho años, es necesario leer su correspondencia. La mayor parte de ese tiempo lo pasó en la costa somalí y muchos años en Adén. He aquí la descripción de ese infierno terrenal, extraída de una carta enviada por Rimbaud a su madre:

«No te puedes imaginar lo que es este lugar: ni un árbol –ni siquiera seco–, ni una mata de hierba. Adén es el cráter de un volcán apagado, colmado hasta el borde por la arena del mar. Sólo se ve lava y arena por todos lados, que no pueden producir la menor vegetación. Los alrededores son un desierto de arena absolutamente árido. Las paredes del cráter impiden la entrada del aire y nos asamos vivos en el fondo de este agujero como en un horno de cal».

¿Cómo un hombre genial, un hombre lleno de energía, de grandes recursos, fue a encerrarse, a asarse y retorcerse en semejante mísero agujero? Un hombre a quien no hubieran bastado mil vidas para explorar las maravillas de la tierra; un hombre que rompió con amigos y parientes, a edad temprana, para vivir su vida a fondo y en toda su plenitud; y a quien encontramos, sin embargo, abandonado en este agujero infernal. ¿Cómo puede explicarse? Sabemos, naturalmente, que todo el tiempo estaba mordiendo el freno, que rumiaba constantemente planes y proyectos para liberarse, y liberarse no sólo de Adén, sino de todo el mundo de fatigas y luchas. A pesar de su espíritu aventurero, Rimbaud estaba, sin embargo, obsesionado por la idea de conquistar su libertad, que confundía con su seguridad económica. A los veintiocho años de edad, escribe a los suyos que lo más importante, lo más urgente para él, es independizarse, no importa dónde. Lo que omitió agregar fue *no importa cómo*. Hay en todo esto una curiosa mezcla de audacia y timidez. Tiene el valor de aventurarse hasta donde ningún hombre blanco había puesto el pie, pero no el de enfrentarse a la vida sin una renta permanente. No teme a los caníbales y sí a sus propios hermanos blancos.

Aunque trata de amasar una confortable fortuna, con la cual poder recorrer plácida y cómodamente el mundo o instalarse en alguna parte, si encuentra el lugar adecuado, sigue siendo el soñador y el poeta, el hombre que no sabe adaptarse a la vida, el hombre que cree en los milagros, que sigue buscando de una u otra forma el Paraíso. Al principio cree que cincuenta mil francos le bastarán para garantizarle la seguridad para toda la vida, pero cuando está a punto de reunirlos, decide que lo mejor es ahorrar cien mil. ¡Esos cuarenta mil francos! ¡Qué momentos míseros, horribles, pasa llevando su botín a cuestas! Prácticamente, eso lo pierde. Cuando lo llevan desde Harar a la costa, tendido en una litera –jornada que, entre paréntesis, puede compararse al Calvario– sus pensamientos se detienen con frecuencia en el oro que lleva en el cinto. Hasta en el hospital de Marsella, donde le amputan la pierna, sigue obsesionado por su dinero. Cuando no es el sufrimiento lo que le impide conciliar el sueño durante la noche, es la idea de sus ahorros, que tiene que esconder para que no se los roben. Querría meterlos en el banco, pero ¿cómo llevarlos si no puede caminar? Escribe a su casa, rogando que venga alguien a hacerse cargo de su pequeña fortuna. Todo esto es tan trágico, tan grotesco, que no se sabe ya qué decir ni qué pensar.

¿Qué es lo que hay en el fondo de esa manía de seguridad? El temor familiar a todo artista creador: el de no ser deseado, no ser útil al mundo. Cuán a menudo repite Rimbaud en sus cartas que no está en condiciones de volver a Francia y reanudar la vida del ciudadano común. «No tengo oficio ni profesión, ni amigos allí», dice. Como todos los poetas, ve al mundo civilizado como una jungla en la que no sabe cómo protegerse. A veces añade que es demasiado tarde para pensar en regresar –¡siempre habla de sí mismo como si fuera un anciano!–, está demasiado habituado a la vida libre, salvaje, aventurera, para volver al yugo. Lo que siempre ha detestado es el trabajo honesto y, sin embargo, en África, en Chipre, en Arabia, trabaja como un negro, privándose de todo, hasta de café y de tabaco, usando año tras año la misma ropa de algodón, ahorrando cada *sou* que consigue ganar, con la esperanza de poder un día comprar su libertad. Aunque hubiera triunfado, sabemos que nunca habría podido sentirse libre ni feliz; nunca habría podido liberarse de la esclavitud del aburrimiento. De la temeridad de la juventud pasó casi sin transición a la cautela de la vejez. Tan profundamente era el paria, el rebelde, el réprobo, que nada habría podido salvarlo.

Hago hincapié en este aspecto de su naturaleza porque explica muchos de los rasgos ingratos que se le atribuyen. No era un avaro, ni un campesino en el fondo, como dan a entender algunos de sus biógrafos. No era duro con los demás, sino consigo mismo. En realidad, su índole era generosa. «Su caridad era pródiga, modesta, discreta», dice Bardey, su antiguo patrón. «Era, probablemente, una de las pocas cosas que hacía sin disgusto y sin una mueca de desdén.»

Otro íncubo llenaba sus días y sus noches: el servicio militar. Desde que empieza a vagabundear hasta el día de su muerte, lo atormenta el temor de no estar *en régle* con las autoridades militares. Pocos meses antes de morir, en el hospital de Marsella, con la pierna amputada, retorciéndose entre dolores feroces que aumentan día a día, el temor de que las autoridades descubran su paradero y lo manden a la cárcel, lo persigue como una pesadilla. «La prison après ce que je viens de souffrir? Il vaudrait mieux la mort!»*. Ruega a su hermana que le escriba sólo cuando sea absolutamente imprescindible y sin poner en el sobre «Arthur Rimbaud», sino sólo Rimbaud, y que despache sus cartas desde un pueblo vecino.

La trama misma de su carácter es visible en estas cartas, desprovistas prácticamente de toda calidad o todo atractivo literarios. Vemos su apetito feroz de experiencia, su insaciable curiosidad, sus deseos ilimitados, su coraje, su tenacidad, su masoquismo, su ascetismo, su sobriedad, sus temores y obse-

---

* «¿La cárcel después de lo que acabo de pasar? ¡Mejor sería la muerte!»

siones, su morbosidad, su soledad, su miedo al ostracismo y su inconmensurable hastío. Vemos, sobre todo, que, como la mayor parte de los creadores, era incapaz de aprender con la experiencia. Toda su vida es un círculo vicioso, de idénticas pruebas y tormentos. Lo vemos, víctima de la ilusión de que la libertad pueda lograrse por medios externos. Lo vemos seguir siendo un adolescente toda su vida, negándose a aceptar la prueba del sufrimiento o a acordarle alguna significación. Para medir la magnitud de su fracaso en la segunda mitad de su vida, bastará con que comparemos sus viajes con el de Cabeza de Vaca*.

Pero dejémoslo en medio del desierto que él mismo se creara. Mi intención es señalar ciertas afinidades, analogías, correspondencias y repercusiones. Comencemos por los padres. Como Madame Rimbaud, mi madre era del tipo nórdico, frío, crítico, orgulloso, puritano, incapaz de perdonar. Mi padre era del sur, de ascendencia bávara, en tanto que el padre de Rimbaud era de Borgoña. Entre ambos había una continua discordia, una permanente porfía, con las consecuencias clásicas en la personalidad del vástago. La naturaleza rebelde, tan difícil de domeñar, halla aquí su matriz. Como Rimbaud, yo también empecé a gritar a temprana edad: «¡Muera Dios!». Era desear la muerte a todo aquello que los padres aprobaban o defendían. Y se extendía incluso a sus amigos, a quienes yo insultaba abiertamente en su presencia cuando era todavía un muchachito. El antagonismo no cesó hasta que mi padre estuvo virtualmente al borde de la tumba; sólo entonces empecé a darme cuenta de lo mucho que nos parecíamos.

Como Rimbaud, yo odiaba el lugar en que había nacido; y lo odiaré hasta el día de mi muerte. Mi más antiguo impulso es el de huir de casa, de la ciudad que detesto, del país y de su

---

* Véase *The Power Within Us*, de Haniel Long, Duell, Sloan and Pearce, Nueva York.

gente con la que no siento nada en común. Como él, he sido un niño precoz que ya recitaba versos en lengua extranjera cuando todavía me sentaba en una sillita alta. Empecé a caminar y a hablar mucho antes de lo normal y a leer el periódico antes de ir al jardín de infancia. Siempre fui el más pequeño de la clase y no sólo el mejor alumno sino también el favorito de mis maestros y mis compañeros. Pero, como él, yo también despreciaba los premios y las recompensas que se me otorgaban y fui expulsado varias veces de la escuela por mi mala conducta. Mientras fui a la escuela, mi única misión parecía ser la de burlarme de los maestros y de las lecciones. Todo era demasiado fácil, demasiado estúpido para mí. Me sentía como un mono amaestrado.

 Desde edad muy temprana, fui un lector voraz. Para Navidad, sólo pedía libros, veinte o treinta cada vez. Hasta los veinticinco años, casi nunca salía de casa sin llevar uno o dos libros bajo el brazo. Leía de pie, mientras me dirigía al trabajo y, a menudo, aprendía de memoria largas tiradas de poemas de mis poetas favoritos. Recuerdo que uno de ellos era el *Fausto* de Goethe. La consecuencia más inmediata de esta permanente absorción en la lectura fue que inflamó aún más mi rebeldía, estimuló en mí el deseo latente de viajes y aventuras y me hizo antiliterario por naturaleza. Me impulsó a sentir desprecio por cuanto me rodeaba, alejándome gradualmente de mis amigos e imponiéndome ese carácter solitario y excéntrico que hace que los demás nos tilden a menudo de «bichos raros». Desde los dieciocho años (edad en que se produjo la crisis de Rimbaud) me sentí decididamente infeliz, desventurado, mísero y abatido. Sólo un cambio radical de ambiente parecía capaz de disipar ese crónico malhumor. Me fui de casa a los veintiuno, pero no por mucho tiempo. Como en el caso de Rimbaud, mis primeras escapadas tuvieron siempre consecuencias desastrosas. Siempre volvía, voluntariamente o no, y siempre desesperado. Parecía no haber salida ni manera de conquistar mi liberación. Me dediqué a los trabajos más insensatos, es decir, a aquellos para los cuales estaba menos capacitado. Como Rimbaud en las canteras de Chipre, empecé con el pico y la pala, como jornalero, trabajador de temporada, vagabundo. Hasta hubo esta similitud: que cuando me iba de casa, era con la idea de vivir una vida al aire libre, de no abrir jamás un libro, de ganarme la vida con mis dos manos, de ser un hombre de espacios abiertos y no un habitante de pueblos o ciudades.

Pero mi manera de hablar y mis ideas me delataban siempre. Era un hombre de letras, aunque no quisiera. Aunque podía alternar con cualquier clase de personas, especialmente con las más humildes, siempre acababan por desconfiar de mí. Y lo mismo sucedía cuando entraba en una biblioteca: siempre pedía el libro que no debía. Por grande e importante que fuera la biblioteca, el libro que yo pedía o no figuraba en los catálogos o me estaba prohibido. Parecía, en esos tiempos, que todo cuanto yo pedía a la vida me estuviera vedado. Naturalmente, yo reaccionaba con las más violentas recriminaciones. Mi lenguaje, que ya de niño había sido escandaloso –recuerdo que a los seis años me llevaron a la comisaría por deslenguado–, se hizo aún más escandaloso e indecente.

¡Qué sobresalto cuando leí que Rimbaud, en su juventud, firmaba sus cartas: «Ese infeliz desalmado Rimbaud»! «Desalmado» era un adjetivo que me encantaba oír aplicado a mi persona. Yo no tenía principios ni lealtad ni código alguno; cuando me venía bien, podía ser absolutamente falto de escrúpulos tanto con mis enemigos como con mis amigos. Generalmente pagaba la bondad de los demás con insultos e injurias. Era insolente, arrogante, intolerante, hinchado de violentos prejuicios, implacablemente obstinado. En suma, mi personalidad era netamente desagradable y muy difícil de tratar. Sin embargo, le caía bien a la gente y todos parecían impacientes por perdonar mis defectos en pago del entusiasmo y la simpatía que yo les dispensaba. Semejante actitud sólo servía para que yo me tomara mayores libertades. A veces, me preguntaba cómo diablos hacía para ser tolerado. Las personas que más me gustaba insultar e injuriar eran precisamente las que se consideraban superiores a mí, en uno u otro sentido. Contra ellas mi guerra era implacable. Sin embargo, en el fondo yo era lo que se llama un buen muchacho. Era, por naturaleza, de índole amable, alegre, generosa. En mi infancia, solían decir que era «un ángel». Pero el demonio de la rebeldía se había apoderado de mí a edad muy temprana. Y fue mi madre la que me lo insufló. Contra ella y contra todo cuanto ella representaba dirigí mi incontrolable energía. Ni una sola vez, hasta la edad de cincuenta años, pensé en ella con afecto. Aunque nunca me puso trabas –simplemente porque mi voluntad era la más fuerte–, yo sentía su sombra, constantemente, callada e insidiosa, como un veneno que se va inoculando lentamente en las venas.

Me quedé estupefacto cuando leí que Rimbaud había permitido a su madre leer el manuscrito de *Una temporada en el infierno*. Nunca se me había pasado por la cabeza mostrar a mis padres nada de lo que escribía, ni siquiera hablar del tema con ellos. Cuando les comuniqué que había decidido ser escritor, se horrorizaron; fue como si les hubiera anunciado que había decidido hacerme criminal. ¿Por qué no me dedicaba a algo sensato, que me permitiera ganarme la vida? Nunca leyeron una línea de lo que escribí. Era una broma ya clásica que cuando los amigos les preguntaban qué estaba haciendo yo, contestaban: «*¿Qué hace?*... Escribe», con el tono de quien estuviera diciendo: «Está loco; se pasa todo el santo día haciendo tortitas de barro».

Siempre me imaginé a Rimbaud de niño, acicalado como un «mariquita» y, luego, de joven, vestido como un «dandy». Al menos, así ocurrió conmigo. Como mi padre era sastre, era inevitable que mis padres se preocuparan por mi ropa. Cuando crecí, heredé el guardarropa de mi padre, más bien elegante y suntuoso. Teníamos exactamente la misma talla. Pero, también como Rimbaud, en la época en que mi individualidad estaba afirmándose vigorosamente, me vestía de forma grotesca, de modo que la excentricidad exterior hiciera juego con la interior. También yo era objeto de las pullas y las chanzas en mi barrio. Recuerdo que me sentía sumamente torpe, inseguro de mí mismo y especialmente tímido en mis charlas con hombres de cualquier cultura. «¡No sé hablar!», exclamaba Rimbaud en París, al hallarse rodeado de otros hombres de letras. Y sin embargo, ¿quién podía hacerlo mejor que él cuando estaba libre de inhibiciones? Hasta en África se comentaba la fascinación de su charla, cuando le daba la gana. ¡Cómo entiendo lo que le pasaba! ¡Qué penosos recuerdos tengo de la época en que balbuceaba y tartamudeaba en presencia de las personas con quienes estaba deseando entablar conversación! Y sin embargo, con un cualquiera, era capaz de hablar como los ángeles. Desde niño me enamoró el sonido de las palabras, su magia, su poder de encantamiento. Solía pescar verdaderas borracheras verbales, por decirlo así. Era capaz de inventar durante horas, hasta poner a mis oyentes al borde de la histeria. Entre paréntesis, fue esta cualidad la que descubrí en Rimbaud apenas lancé una ojeada a una de sus páginas. La capté al instante. En Beverly Glen, mientras estaba enfrascado en su vida, escribí algunas de sus frases con tiza en las paredes, en la cocina, en el cuarto de estar, en el baño, y hasta fuera de la casa. Esas frases nunca perderán su fuerza para mí. Cada vez que tropiezo con ellas, vuelvo a experimentar la misma emoción, el mismo júbilo, el mismo temor de perder el juicio si me demoro demasiado en ellas. ¿Cuántos escritores hay capaces de producir el mismo efecto? Todo escritor crea algunos pasajes obsesionantes, ciertas frases memorables, pero en Rimbaud son incontables, están en todas las páginas, como gemas caídas de un cofre saqueado. Es este don el que hace indisolubles los vínculos que me unen a Rimbaud. Y es lo único que le envidio. Hoy, después de todo cuanto he escrito, mi más profundo deseo es terminar los libros que tengo planeados para entregarme a la creación de la tontería pura, de la fantasía absoluta. Nunca seré el poeta que él fue, pero aún quedan vastas latitudes de la imaginación que explorar.

Y ahora, llegamos a «la niña de los ojos violeta». Poco y nada es lo que sabemos de ella, excepto que fue su primera y trágica experiencia amorosa. No sé si fue refiriéndose a ella o a la hija del fabricante que Rimbaud usó la expresión: «Tan asustado como 36.000.000 de perros falderos recién nacidos». Pero no me cuesta creer que ésa fuera su reacción ante el objeto de su amor. Por de pronto, sé que así reaccioné yo y que mi amada también tenía los ojos de color violeta. Es también probable que, como Rimbaud, vuelva a pensar en ella en mi lecho de muerte. Toda mi vida está teñida por esa primera y desastrosa experiencia. Y lo más curioso es que no fue ella quien me rechazó; fui yo mismo quien, por venerarla y reverenciarla demasiado, se alejó de ella. Me imagino que en el caso de Rimbaud debió suceder algo por el estilo. Naturalmente, en su caso –hasta los dieciocho años de edad– todo tuvo que comprimirse en un espacio de tiempo increíblemente breve. Así como recorrió toda la gama de la literatura en unos pocos años, así apuró todo el curso de la experiencia humana en forma breve y rápida. Le bastaba con probar algo para darse cuenta de todo cuanto prometía o contenía. Del mismo modo, su vida amorosa, en lo que a las mujeres se refiere, fue increíblemente efímera. No volvemos a oír mencionar el amor hasta Abisinia, donde convive con una nativa. Y se tiene la sensación de que eso apenas si puede llamarse amor. Más bien podríamos decir que quien le inspiró realmente este sentimiento fue Djami, su muchachito harari, a quien trató de dejar un legado. Es poco probable, sabiendo la clase de vida que llevó, que Rimbaud hubiera podido volver a amar de corazón.

Parece que Verlaine dijo alguna vez de él que nunca se había entregado completamente a nadie, ni a Dios ni al hombre. Lo que haya de verdad en ello es cosa que queda a criterio de cada uno. A mí me parece que nadie pudo desear más ardientemente entregarse que él. De niño se dio a Dios, de joven al mundo; y en ambos casos se sintió engañado y traicionado, y retrocedió, especialmente después de su experiencia en la sangrienta Comuna. De ahí en adelante, la esencia de su ser permanece intacta, inconmovible, inaccesible. En ese sentido, me recuerda a D. H. Lawrence, que abundó mucho en esta cuestión, o sea, cómo mantener intacta la propia esencia.

A partir del momento en que Rimbaud empezó a ganarse la vida empezaron sus verdaderas dificultades. Todos sus talentos, y poseía muchos, parecían inútiles. No obstante, pese a todos los obstáculos y contrariedades, sigue adelante. «¡Adelante, siempre adelante!» Su energía es inagotable, su voluntad indomable, su apetito insaciable. «¡Que [el poeta] estalle de cosas extrañas e innominables!» Cuando pienso en este período de su vida, marcado por un esfuerzo casi sobrehumano por abrirse camino en el mundo, por hallar un lugar donde hacer pie, cuando pienso en sus repetidos intentos en ese sentido y en cómo, a semejanza de un ejército sitiado trata de zafarse de la garra que lo sujeta como una prensa de tornillo, vuelve a desfilar ante mí toda su juventud. Tres veces, en su adolescencia, Rimbaud visita Bruselas y París, y en dos ocasiones va a Londres. Desde Stuttgart, una vez que ha aprendido suficiente alemán, atraviesa a pie Würtemberg y Suiza, hasta Italia. Desde Milán sale, a pie, para Brindisi desde donde va a las Cícladas, sólo para caer víctima de una insolación y ser devuelto a Marsella vía Leghorn. Recorre la península escandinava y Dinamarca con una feria ambulante; va a Hamburgo, a Amberes, a Rotterdam, y llega a Java para alistarse en el ejército holandés, sólo para desertar una vez enterado de lo que es aquello. En una ocasión, al pasar por Santa Elena en un barco inglés que rehúsa hacer escala allí, se arroja al agua. Pero vuelven a subirle a bordo antes de que consiga llegar a la isla. Desde Viena es llevado por la policía hasta la frontera bávara, como un vagabundo, y conducido, bajo custodia, hasta la frontera de Lorena. En todas esas huidas o intentos de fuga siempre anda sin un céntimo, siempre va a pie y generalmente con el estómago vacío. En Civita Vecchia es desembarcado con fiebre gástrica, producida por una inflamación en las paredes del estómago ocasionada por la fricción de las costillas contra el abdomen. Demasiadas caminatas. En Abisinia, anda demasiado a caballo. Todo lo hace exageradamente. Se esfuerza en forma inhumana. Su meta está siempre un poco más allá.

¡Qué bien comprendo esa manía! Cuando recuerdo mi vida en los Estados Unidos, me parece haber recorrido miles de leguas con el estómago vacío. Siempre buscando unos centavos, una rebanada de pan, un trabajo o un lugar donde tirarme. ¡Siempre buscando un rostro amigo! A veces, por más hambriento que estuviera, me dirigía al camino, hacía señas a algún automóvil para que me recogiera y dejaba que el conductor me llevara donde le diera la gana, sólo para cambiar de panorama. Conozco miles de restaurantes en Nueva York, no porque los haya frecuentado como parroquiano sino por haberme quedado horas contemplando ávidamente desde la calle a los comensales sentados plácidamente a sus mesas. Todavía puedo recordar el olor de algunos puestos callejeros donde se vendían salchichas; todavía me parece ver a través de la vidriera a los chefs ataviados de blanco, dando vuelta a las tortitas. A veces creo que nací hambriento; y el hambre se asocia en mí al caminar, al vagabundear, a la búsqueda, al andar febril, a la ventura, de un lado para otro. Si mendigando conseguía más de lo necesario para la comida, me metía en un cine o un teatro. Una vez que había llenado mi estómago, lo único que me importaba era encontrar un lugar abrigado y cómodo donde descansar y olvidar por un par de horas mis penurias. En esos casos, nunca se me hubiera ocurrido ahorrar unas monedas para el tranvía. Cuando salía de la tibieza acogedora del teatro, me dirigía a pie, en medio del frío o bajo la lluvia, hacia el lugar generalmente lejano donde vivía en ese momento. He recorrido innumerables veces a pie el camino que va desde el corazón de Brooklyn hasta el corazón de Manhattan, bajo las condiciones climáticas más diversas y en diferentes grados de inanición. Cuando me sentía absolutamente exhausto, incapaz de dar un paso más, me veía obligado, más de una vez, a volver sobre mis pasos. Entiendo perfectamente cómo puede entrenarse a un hombre a hacer marchas forzadas, de extensión fenomenal, con la tripa vacía.

Pero una cosa es recorrer las calles de la ciudad natal rodeado de rostros hostiles y otra muy distinta vagar por las carreteras de los estados vecinos. En la ciudad natal, la hostilidad es mera indiferencia; en una ciudad extraña o en los espacios abiertos entre ciudad y ciudad, es un elemento netamente hostil, agresivo, el que viene al encuentro de uno. Hay perros feroces, disparos de fusil, *sheriffs,* vigilantes de todas clases, esperándonos. Si uno es extraño a la región, ni siquiera se atreve a acostarse sobre la tierra fría. Hay que andar, andar, andar, andar todo el tiempo. Se siente en la espalda la boca helada de un revólver, que ordena que apretemos el paso, cada vez más y más. Y donde todo esto sucede precisamente es en nuestro propio país, no en una tierra extranjera. Los japoneses podrán ser crueles, bárbaros los hunos, pero ¿qué clase de demonios son estos que tienen el mismo aspecto que uno, hablan como uno, llevan las mismas ropas que uno, comen la misma comida, y nos persiguen como perros? ¿No son ellos, acaso, los peores enemigos que pueda tener el hombre? Puedo hallar excusas para el proceder de los otros, pero no para la gente de mi propio país. «Allí no tengo amigos», decía Rimbaud a menudo en sus cartas. Aún en junio de 1891, desde el hospital de Marsella, seguía repitiendo el mismo estribillo: «Je mourrai où me jettera le destin. J'espère pouvoir retourner là où j'étais (l'Abysinnie), j'y ai des amis de dix ans, qui auront pitié de moi, je trouverai chez eux du travail, je vivrai comme je pourrai. Je vivrais toujours là-bas, tandis qu'en France, hors vous, je n'ai ni amis, ni connaissances, ni personne»*. Aquí, una nota a pie de página dice: «Cependant la gloire littéraire de Rimbaud battait alors son plein à Paris. Les admirateurs, qui lui eussent été personellement tout dévoués, étaint déjá nombreux. Il l'ignorait, quelle malédiction!»**.

Efectivamente, ¡qué maldición! Recuerdo mi propio regreso (forzoso) a Nueva York, después de diez años en el extranjero. Había salido de los Estados Unidos con diez dólares que me prestaron en el último momento, antes de embarcarme. Volvía sin un centavo, teniendo que pedir prestado el dinero para pagar al chófer del taxi, al empleado del hotel que al ver mi baúl y mis maletas, supuso que dispondría de medios para pagar la cuenta. Lo primero que tengo que hacer, apenas llegue a casa, me dije, es telefonear a alguien para que me preste un poco de dinero. A diferencia de Rimbaud, no tenía un cinturón lleno de oro metido bajo el colchón. Pero tenía todavía un buen par de piernas y, por la mañana, si nadie me había tendido una mano durante la noche, comenzaría a caminar otra vez calle arriba, en busca de un rostro amigo. Durante esos diez años en el extranjero, yo también había trabajado como un demonio. Me había ganado el derecho a vivir cómodamente uno o dos años. Pero vino la guerra y todo se fue al diablo, igual que las intrigas de las potencias europeas habían mandado al diablo las oportunidades de Rimbaud en Somalia. Qué familiar me resulta un pasaje de una de sus cartas fechada en enero de 1888 en Adén: «Tous les gouvernements sont venus engloutir des millions et même, en somme, quel-

---

* «Moriré allí donde me arroje el destino. Espero poder volver adonde estaba (a Abisinia), donde tengo amigos desde hace diez años, amigos que se apiadarán de mí. Allí encontraré trabajo, viviré como pueda. Viviría siempre allí, mientras que en Francia, aparte de ti, no tengo amigos, ni conocidos, ni a nadie.»
** «Sin embargo, la gloria literaria de Rimbaud estaba entonces en París en todo su apogeo. Los admiradores que habrían sido totalmente adictos a él eran ya numerosos. Pero él lo ignoraba.»

ques milliards sur toutes ces côtes maudites, désolées, où les indigènes errent des mois sans vivres et sans eau, sous le climat le plus effroyable du globe; et tous ces millions qu'on a jetés dans le ventre des bedouins, n'ont rien rapporté que les guerres, les désastres de tous genres!»*.

¡Qué descripción tan fiel de nuestros amados gobiernos actuales! Siempre tratando de meterse en lugares impíos, siempre liquidando o exterminando a los nativos, aferrándose a sus ganancias mal habidas, defendiendo sus posesiones, sus colonias, con el ejército y la marina. Para los grandes, el mundo nunca es lo bastante grande. Para los pequeños, que necesitan sitio, sólo palabras piadosas y amenazas veladas. La tierra es de los fuertes, de los dueños de grandes ejércitos y armadas, de los que blanden el garrote económico. Qué irónico resulta que el poeta solitario que fue a exiliarse al fin del mundo para ganar a duras penas una miserable subsistencia tuviera que quedarse cruzado de brazos, mirando cómo las grandes potencias de la tierra lo echaban todo a perder en su jardín.

«Sí, el fin del mundo... ¡Adelante, siempre adelante! ¡Ahora empieza la gran aventura!» Pero, por rápido que se avance, el gobierno siempre llega antes, con sus restricciones, sus grillos, sus esposas, sus gases venenosos, sus tanques y sus bombas malolientes. El poeta Rimbaud se pone a enseñar el Corán a los muchachos y muchachas harari, en su propia lengua. El gobierno quiere venderlos como esclavos. «Cierta destrucción es necesaria», escribió una vez Rimbaud; y ¡qué alboroto ha levantado esa declaración! Rimbaud hablaba entonces de la destrucción que acompaña a la creación. Pero los gobiernos destruyen sin la menor excusa y por cierto que la

* «Todos los gobiernos han venido a dilapidar millones y hasta miles de millones en estas costas malditas, desoladas, donde los indígenas vagan durante meses enteros sin víveres ni agua en el clima más espantoso del globo, y todos esos millones que han arrojado al vientre de los beduinos no han traído sino guerras y desastres de todas clases.»

creación ni siquiera se les pasa por la cabeza. Lo que Rimbaud, el poeta, quería, era que desaparecieran los viejos moldes, tanto en la vida como en la literatura. Lo que los gobiernos quieren es preservar el *statu quo*, por monstruosos que sean el asesinato y la destrucción que eso conlleve. Algunos de sus biógrafos, al describir su conducta juvenil, lo hacen aparecer como un mal muchacho. Hizo tantas cosas detestables, ¿no es cierto? Pero, cuando se trata de juzgar las prácticas de sus amados gobiernos, especialmente en lo que se refiere a las turbias intrigas contra las cuales se rebeló Rimbaud, se vuelven todo miel y excusas. Cuando quieren ponerlo en la picota por aventurero, hablan del gran poeta que había en él, y cuando pretenden rebajarlo como poeta, hablan de su caos y su rebelión. Se muestran estupefactos cuando el poeta imita a sus saqueadores y explotadores y se horrorizan cuando no demuestra ningún interés por el dinero o la vida monótona y tediosa del ciudadano común. Como bohemio, es demasiado bohemio; como poeta, demasiado poético; como pionero, demasiado pionero; como hombre de negocios, demasiado comerciante; como contrabandista de armas, demasiado inteligente; y así sucesivamente. Todo lo que hizo, lo hizo demasiado bien; ése parece ser su crimen. Lástima que no se metiera en política. Habría cumplido tan bien su papel que Hitler, Stalin, Mussolini –por no hablar de Churchill y Roosevelt– nos parecerían hoy unos charlatanes de feria. No creo que hubiera desencadenado tanta destrucción como la que esos estimados líderes infligieron al mundo. Se habría guardado algo en la manga para los malos tiempos, por así decir. No habría agotado sus recursos. No habría perdido de vista la meta, como parecen haberlo hecho nuestros brillantes caudillos. Sea cual fuere el fracaso en que convirtió su vida personal, creo –cosa extraña– que si se le hubiera dado la oportunidad, habría hecho del mundo un lugar mejor en que vivir. Creo que el soñador, por poco práctico que parezca al hombre de la calle, es mil veces más capaz, más eficiente que el estadista profesional. Todos los increíbles proyectos que Rimbaud imaginó y que por uno u otro motivo acabaron frustrándose, han sido realizados en alguna medida desde entonces. Lo que sucede es que Rimbaud los imaginó demasiado prematuramente; eso es todo. Vio más allá de las esperanzas y los sueños de los estadistas y los hombres comunes. Careció del apoyo de esos mismos que se complacen en acusarlo de soñador y que sólo son capaces de soñar cuando duermen, nunca con los ojos abiertos. Para el soñador sumergido en la realidad, todo se produce demasiado lentamente, demasiado pesadamente, incluida la destrucción.

«Nunca estará satisfecho», escribe uno de sus biógrafos. «Bajo su mirada hastiada, todas las flores se marchitan, todas las estrellas palidecen.» Hay algo de verdad en esto. Me consta, porque padezco de la misma enfermedad. *Pero,* si se ha soñado con un imperio, el imperio del hombre, y si uno se atreve a reflexionar sobre la lentitud de caracol con que los hombres avanzan hacia la concreción de este sueño, es muy posible que lo que llamamos actividades del hombre palidezcan hasta la insignificancia. No creo ni por asomo que las flores se marchitaran ni las estrellas se empañaran a los ojos de Rimbaud. Creo que la esencia misma de su ser mantuvo siempre, con unas y otras, una comunicación ferviente y directa. Fue en el mundo de los hombres donde su mirada hastiada vio las cosas palidecer y marchitarse. Empezó deseando «verlo todo, sentirlo todo, agotar, explorar, decirlo todo». No tardó en sentir la mordedura del freno en la boca, las espuelas en los flancos, el látigo en la espalda. Que un hombre se atreva solamente a vestir de modo distinto al de sus semejantes y se convertirá en motivo de ridículo y de escarnio. La única ley que se cumple en realidad con creces y a conciencia, es la ley del conformismo. No es pues de extrañar que, aún niño, acabara por hallar «sagrado el desorden de su espíritu». En este sentido, se había convertido realmente en un vidente. Pero descubrió que, a los ojos de los demás, no era sino un payaso y un charlatán de feria. Le quedaba el recurso de seguir luchando el resto de su vida por mantenerse en el sitio que había conquistado o renunciar definitivamente a la lucha. ¿Por qué no aceptó un compromiso, una transacción? Porque la palabra compromiso no estaba en su diccionario. Desde la infancia fue un fanático, un hombre que tenía que llegar hasta el final o morir. En ello reside precisamente su pureza, su inocencia.

Vuelvo a descubrir en todo esto mi propio drama. Nunca he renunciado a la lucha. Pero, ¡a qué precio! He tenido para ello que embarcarme en una guerra de guerrillas, en esa lucha sin esperanzas que sólo nace de la desesperación. La obra que me propuse escribir no la he escrito aún o sólo la he escrito en parte. Para poder levantar la voz, para hablar a mi manera, he tenido que luchar palmo a palmo; y, en el calor de la lucha, casi he olvidado mi canción. ¡Que me vengan a hablar de la mirada hastiada bajo la cual las flores se agostan y palidecen las estrellas! Mi mirada se ha vuelto positivamente corrosiva; es un verdadero milagro que flores y estrellas no se hayan pulverizado bajo mi mirada despiadada. Eso, en cuanto a la esencia de mi ser. En cuanto a la superficie, bueno, el hombre exterior ha ido aprendiendo poco a poco a someterse a las reglas del mundo. Se puede estar en el mundo sin formar parte de él. Se puede ser amable, tierno, caritativo, hospitalario. ¿Por qué no? «El verdadero problema», como lo hizo notar Rimbaud, «está en hacer monstruosa el alma». O sea, no horrible, sino prodigiosa. ¿Qué quiere decir monstruoso? Según el diccionario: «Cualquier forma organizada de vida que se halle grandemente deformada, ya sea por la falta, por exceso o por mala distribución o deformación de ciertas partes u órganos; por ende, toda cosa deforme o anormal o constituida por distintas partes o caracteres incompatibles, repulsivos o no». La raíz etimológica proviene del verbo latino *moneo*, advertir. En la mitología se reconoce lo monstruoso bajo la forma de la arpía, la gorgona, la esfinge, el centauro, la dríada, la sirena. Son todos prodigios, en el sentido esencial del término. Han alterado la norma, el equilibrio. Y ¿qué significa todo esto sino el miedo del hombre insignificante? Las almas tímidas siempre ven monstruos en su camino, ya se trate de hipogrifos o hitlerianos. El mayor temor del hombre reside en la expansión de la conciencia. Todo cuanto de espantoso, de horripilante, contiene la mitología, nace de ese miedo. «¡Vivamos en paz y armonía!», implora el hombre insignificante. Pero la ley del universo ordena que la paz y la armonía sólo puedan conquistarse mediante la lucha interior. El hombre insignificante se resiste a pagar el precio de esa clase de paz y armonía. La quiere lista para su uso, como un traje de confección.

En el vocabulario de un escritor hay siempre algunas palabras obsesivas, reiteradas, que resultan más significativas que todos los datos recopilados laboriosamente por sus pacientes biógrafos. Veamos algunas de las que forman parte del acervo de Rimbaud: «eternité», «infini», «charité», «solitude», «angoisse», «lumière», «aube», «soleil», «amour», «beauté», «inouï», «pieté», «démon», «ange», «ivresse», «paradis», «enfer», «ennui»...

Estas palabras son la trama y la urdimbre de su pauta interior; nos hablan de su inocencia, de sus apetencias, su inquietud, su fanatismo, su intolerancia, su absolutismo. Su dios era Baudelaire, que había sondeado las profundidades del mal. Dije anteriormente, y vale la pena repetirlo, que todo el siglo XIX estaba atormentado por el problema de Dios. Exteriormente, parece un siglo entregado al afán del progreso material, un siglo de descubrimientos e invenciones, todos relativos al mundo físico. Pero, en el fondo, donde los artistas y los pensadores están siempre anclados, observamos una terrible confusión. Rimbaud ha sabido resumir el conflicto en unas pocas páginas. Y, como si ello no bastara, ha impreso sobre toda su vida el mismo enigmático sello que caracteriza a su época. Es más auténticamente hombre de su tiempo que un Goethe, un Shelley, un Blake, un Nietzsche, un Hegel, un Marx o un Dostoyevski. Está escindido de pies a cabeza, en todos los aspectos de su ser. Siempre se abren ante él dos caminos. Es descuartizado, atormentado por la rueda del tiempo. Es la víctima y el verdugo. Cuando pronunciamos su nombre damos la época, el lugar y el acontecimiento. Ahora que hemos logrado descomponer el átomo, el cosmos está escindido. Ahora podemos mirar en todos los sentidos al mismo tiempo. Hemos arribado, dueños de un poder que ni siquiera los antiguos dioses pudieron esgrimir. Estamos allí, ante las puertas mismas del infierno. ¿Embestiremos contra esas puertas, abriendo el mismo infierno de par en par? Creo que sí. Creo que nuestra tarea futura consiste en explorar los dominios del mal hasta que no quede en pie ni una pizca de misterio. Descubriremos las amargas raíces de la belleza, aceptaremos la raíz y la flor, la hoja y el brote. Ya no podemos resistir al mal; debemos aceptarlo.

Se dice que en la época en que estaba escribiendo su «libro negro» *(Una temporada en el infierno)* Rimbaud declaró: «¡Mi destino depende de este libro!». Ni él mismo era totalmente consciente de la profunda verdad de esa frase. En la medida en que vamos haciéndonos conscientes de nuestro propio destino trágico, comenzamos a percibir el sentido de esta expresión. Había identificado su destino personal al de la época más crucial de que el hombre tuviera noticia. Así, o renunciamos como él a todo cuanto nuestra civilización ha representado hasta hoy y tratamos de empezar de nuevo, o la destruimos con nuestras propias manos. Cuando el poeta está en el nadir, el mundo debe hallarse verdaderamente cabeza abajo. Si el poeta no puede ya hablar en nombre de la sociedad, sino sólo en el suyo propio, es que hemos quemado el último cartucho. Sobre el cadáver poético de Rimbaud, hemos empezado a edificar una torre de Babel. Nada importa que aún queden poetas o que algunos de ellos sigan siendo inteligibles, capaces de comunicarse con la multitud. ¿Cuál es la tendencia actual de la poesía y dónde está el eslabón entre poeta y auditorio? *¿Cuál es el mensaje?* Preguntémonos eso, sobre todo. ¿Cuál es la voz que se hace escuchar ahora: la del poeta o la del hombre de ciencia? ¿Nos preocupa la belleza, por amarga que sea, o la energía atómica? ¿Cuál es la principal emoción que inspiran actualmente nuestros grandes descubrimientos? El espanto. Poseemos el conocimiento sin la sabiduría, la comodidad sin la seguridad, la creencia sin fe. La poesía de la vida se expresa en fórmulas matemáticas, físicas o químicas. El poeta es un paria, una anomalía. Está en camino de extinguirse. ¿A quién le importa cuán *monstruoso* puede hacerse a sí mismo? El monstruo está en libertad, recorriendo el mundo. Ha escapado del laboratorio; está al servicio de cualquiera que asuma el coraje de tomarlo a su servicio. El mundo se ha convertido en número. La dicotomía moral, como todas las dicotomías, ha fracasado. Ésta es la era del cambio y el riesgo; la gran deriva ha comenzado.

Y los tontos hablan de reparaciones, inquisiciones, retribución, de alineamientos y coaliciones, de comercio libre, estabilización económica y rehabilitación. Nadie cree, en el fondo de su corazón, que la situación mundial tenga arreglo. Todo el mundo espera el gran acontecimiento, lo único que nos preocupa día y noche: *la próxima guerra*. Todo lo hemos trastocado y nadie sabe dónde ni cómo hallar la llave de control. Los frenos están todavía allí, pero ¿funcionan? Sabemos que no. El demonio está en libertad. La edad de la electricidad ha quedado tan atrás en el tiempo como la edad de piedra. Ésta es la edad del poder, puro y simple. Se trata ahora del cielo o el infierno; ya no hay alternativa; y según todos los indicios, elegiremos el infierno. Cuando el poeta vive su infierno, el hombre común no puede ya huir de él. ¿Dije que Rimbaud era un renegado? *Todos somos renegados.* Lo hemos sido desde la aurora de los tiempos. Finalmente, el destino está alcanzándonos. Vamos a gozar de nuestra temporada en el infierno, cada uno de nosotros, cada hombre, mujer o niño, identificado con esta civilización. Eso es lo que hemos estado implorando y ahora ha llegado. Adén nos parecerá un lugar confortable. En tiempos de Rimbaud, aún se podía abandonar Adén por Harar, pero dentro de cincuenta años toda la Tierra no será más que un enorme cráter. Aunque lo nieguen los hombres de ciencia, el poder que tenemos en nuestras manos es radiactivo, es permanentemente destructivo. Nunca hemos pensado en el poder desde el punto de vista del bien; siempre lo hemos hecho desde el punto de vista del mal. Nada hay de misterioso en la energía del átomo; el misterio está en el corazón humano. El descubrimiento de la energía atómica está sincronizado con el descubrimiento de que nunca podremos volver a confiar los unos en los otros. En eso estriba la fatalidad; en este miedo de cabeza de hidra que ninguna bomba puede destruir. El verdadero renegado es aquel que ha perdido la fe en sus congéneres. Y hoy la pérdida de la fe es universal. Hasta Dios es impotente para evitarlo. Hemos puesto toda nuestra fe en la bomba y es la bomba la que responderá a nuestras plegarias.

¡Qué golpe para el poeta descubrir que Rimbaud renunció a su vocación! Es como si hubiera renunciado al amor. Sea cual fuere el motivo, lo cierto es que el móvil principal estaba en que había perdido la fe. La consternación del poeta, su sentimiento de decepción y de traición, pueden compararse a la reacción del hombre de ciencia al enterarse del destino que se ha dado a sus descubrimientos. Uno está tentado de comparar el acto de renunciación de Rimbaud con el lanzamiento de la primera bomba atómica. Las repercusiones, aunque más amplias en este último caso, no son más profundas. El corazón es el primero en acusar el golpe, antes que el resto del cuerpo. Hace falta tiempo para que la maldición se propague hasta contaminar el cuerpo todo de la civilización. Pero, cuando Rimbaud se mandó mudar por la puerta trasera, la maldición ya se había anunciado.

¡Qué bien hice al retrasar el verdadero descubrimiento de Rimbaud! Si de su aparición y sus trabajos en la tierra he extraído conclusiones diametralmente distintas de las que me hubieran inspirado otros poetas, ha sido con el mismo espíritu con que los santos extrajeron extraordinarias conclusiones del advenimiento de Cristo. O bien tales cosas son acontecimientos memorables en la historia de la humanidad o todo el arte de la interpretación no pasa de ser una impostura. No tengo la más mínima duda de que todos habremos de vivir un día como vivió Cristo. Como tampoco dudo de que deberemos empezar por renegar de nuestra individualidad. Hemos alcanzado el último estadio del egotismo, del estado atómico del ser. Vamos a hacernos añicos. Estamos preparando la muerte del pequeño yo para que pueda emerger el verdadero. Involuntaria e inconscientemente, hemos unificado el mundo, pero en la nulidad. Tenemos que pasar por una muerte colectiva antes de poder renacer como individuos auténticos. Si es cierto que, como dijo Lautréamont, «la poesía debe ser hecha por todos», tenemos que hallar un nuevo lenguaje mediante el cual el corazón pueda hablar al corazón sin necesidad de intermediarios. La llamada de un hombre a otro debe ser tan directa e instantánea como la del hombre de Dios a Dios. El poeta está hoy obligado a renunciar a su vocación porque ha dado ya pruebas de su desesperación, porque ha llegado a comprender que es impotente para comunicarse con sus semejantes. Ser poeta fue en un tiempo la vocación más alta, hoy es la más vana. Y ello no porque el mundo sea inmune a la voz del poeta, sino porque el poeta mismo no cree ya en su misión divina. Está desentonado desde hace un siglo o más; y nosotros no sabemos ya modular. El chillido de la bomba aún tiene sentido para nosotros, pero los delirios del poeta nos parecen un galimatías. Y *es* un galimatías efectivamente puesto que entre los dos mil millones de seres que forman la población del mundo, sólo unos pocos miles pretenden comprender lo que dice el poeta. El culto del arte toca a su fin cuando sólo existe ya para un puñado de elegidos. Entonces deja de ser arte para convertirse en el lenguaje cifrado de una sociedad secreta cuyo fin es propagar una individualidad que ha perdido su sentido. El arte debe excitar las pasiones humanas, inspirar a los hombres visión, lucidez, coraje, fe. ¿Qué artista del lenguaje ha sabido conmover recientemente al mundo como lo ha hecho Hitler? ¿Algún poema ha sacudido a la humanidad como la bomba atómica? Desde el advenimiento de Cristo no asistimos a tales fenómenos, multiplicándose a diario. ¿De qué armas dispone el poeta, que puedan compararse con ésas? ¿O *de qué sueños?* ¿Dónde está su tan cacareada imaginación? La realidad está aquí, ante nuestros propios ojos, en toda su desnudez, pero ¿dónde está el canto que la anuncie? ¿Hay un solo poeta, aunque sea de quinta categoría, a la vista? Yo no veo ninguno. No llamo poetas a esos que hacen versos, rimados o no. Llamo poeta al hombre capaz de cambiar profundamente el mundo. ¡Si un poeta tal vive entre nosotros, que se manifieste! Pero debe ser la suya una voz capaz de ahogar el trueno de la bomba. Y su lenguaje capaz de fundir el corazón de los hombres y de hacer hervir su sangre.

Si la misión de la poesía es despertarnos, hace tiempo que deberíamos haber sido despertados. Algunos lo han sido, no podemos negarlo. Pero ahora es necesario que *todos* despierten y que lo hagan inmediatamente o pereceremos. Aunque el hombre jamás perecerá. Lo que perecerá será una cultura, una civilización, un estilo de vida. Cuando esos muertos se hayan despertado, como tiene que suceder inevitablemente, la poesía se convertirá en la materia misma de la vida. Poco importa que perdamos al poeta si salvamos la poesía. No hay necesidad ni de papel ni de tinta para crear poesía y propagarla. Los pueblos primitivos en general son poetas de la acción, poetas de la vida. Hacen aún poesía, aunque su poesía ya no nos conmueva. Si fuéramos sensibles a lo poético, no permaneceríamos insensibles a su manera de vivir; habríamos incorporado su poesía a la nuestra, habríamos infundido en nuestras vidas esa belleza que impregna la suya. La poesía del hombre civilizado ha sido siempre exclusiva, esotérica. Ha causado su propia muerte.

«Hay que ser absolutamente moderno», decía Rimbaud, significando así que las quimeras están pasadas de moda, como los fetiches y las supersticiones, las creencias y los dogmas y toda la inanidad y ñoñería de que está compuesta nuestra tan cacareada civilización. Debemos aportar luz y no una iluminación artificial. «El dinero se deprecia en todas partes», escribió Rimbaud en una de sus cartas, en 1880. Hoy, en Europa, puede decirse que no tiene ya ningún valor. Lo que los hombres quieren es alimentos, techo, ropas, cosas esenciales, no dinero. El podrido edificio se ha derrumbado ante nuestros ojos, pero nosotros nos resistimos a creer lo que vemos. Esperamos seguir como si nada hubiera ocurrido. No queremos comprender ni la destrucción habida ni las posibilidades de un renacimiento. Recurrimos al lenguaje del Paleolítico. Si los hombres son incapaces de comprender la enormidad del presente, ¿cómo podrán concebir jamás el porvenir? Durante milenios hemos pensado con la perspectiva del pasado. Ahora, de golpe, ese misterioso pasado ha sido destruido. No nos queda ya más que el porvenir, abriéndose como un abismo ante nuestras propias narices. Es aterrador, y todo el mundo conviene en ello, ponerse a pensar solamente en lo que nos reserva el porvenir. Mucho más aterrador de cuanto pudo ser el pasado. En el pasado, los monstruos tenían proporciones humanas. Con un poco de heroísmo, se podía hacerles frente. Pero ahora los monstruos son invisibles; miles de millones de ellos nos acechan en un gramo de polvo. Notarán que sigo empleando el lenguaje paleolítico. Hablo como si el átomo mismo fuera el monstruo, como si fuera *él* el que ejerciera el poder y no nosotros. Ésta es precisamente la clase de fraude que hemos venido practicando con nosotros mismos desde que el hombre empezó a pensar. Y esto, también, es un engaño; pretender que en algún punto remoto del pasado el hombre *comenzó a pensar*. El hombre ni siquiera ha empezado a pensar. Mentalmente, anda todavía a cuatro patas. Anda a tientas en la niebla, con los ojos cerrados y el corazón martillando de miedo. Y lo que más teme, ¡Dios se apiade de él!, es su propia imagen.

Si un solo átomo contiene tanta energía, ¿qué puede decirse del hombre, en quien laten universos de átomos? Si lo que adora es la energía, ¿por qué no se mira a sí mismo? Si puede concebir y demostrar, para su autosatisfacción, la ilimitada energía encerrada en un átomo infinitesimal, ¿qué decir entonces de los Niágaras que hay dentro de él? Y ¿qué de la energía de la Tierra, por mencionar sólo otra conglomeración infinitesimal de materia? Si lo que estamos buscando son demonios que domar, existe tal infinidad de ellos que la sola idea resulta paralizante. O... es tan enaltecedor que los hombres deberían ir corriendo sin aliento, de puerta en puerta, propagando el pandemónium y el delirio. Sólo ahora, quizás, se puede apreciar el fervor con que Satán desató las fuerzas del mal. El hombre histórico no ha conocido en realidad nada de lo auténticamente demoniaco. Ha habitado un mundo de sombras colmado apenas de pálidas reverberaciones. El pleito entre el bien y el mal ha sido zanjado ya hace tiempo. El mal pertenece al mundo fantasmagórico, al mundo de la ficción. ¡Mueran las quimeras! Mueran por siempre jamás... pero lo cierto es que *fueron* ya asesinadas hace tiempo. Al hombre le fue dado el don de la videncia, para que pudiera ver a través y más allá de la fantasmagoría. El único esfuerzo que se le exigió fue que abriera los ojos del alma, que mirara dentro del corazón de la realidad y que no caminara torpemente por el reino de la ilusión y del engaño.

Hay un cambio sutil que siento la necesidad de hacer con respecto a la interpretación de la vida de Rimbaud y que atañe al elemento destino. Era su destino ser el electrizante poeta de nuestra época, el símbolo de las fuerzas desgarradoras que se están haciendo ahora manifiestas. Era su *destino*, solía yo pensar, ser atrapado en una vida de acción en la cual terminaría sin gloria. Cuando decía que su suerte dependía de la «*Saison*», lo que quería decir, me parece, es que ella decidiría el curso de sus actos futuros y, como hoy salta a la vista, ciertamente lo decidió. Podemos pensar, si nos parece, que al escribirlo se reveló tan manifiestamente a sí mismo que no necesitó ya expresarse en el plano del arte. Como poeta, había dicho todo cuanto podía decir. Imaginamos que era consciente de ello y que, en consecuencia, dio deliberadamente la espalda al arte. Hubo quienes compararon la segunda mitad de su vida con una especie de sueño de Rip Van Winkle. No es la primera vez que un artista se echa a dormir en el mundo. Paul Valéry, cuyo caso nos viene en seguida a la mente, hizo algo parecido cuando abandonó el reino de la poesía por el de las matemáticas durante un lapso de más o menos veinte años. A menudo se ha producido en tales casos un retorno o un despertar. En el caso de Rimbaud, el despertar coincidió con la muerte. La pequeña luz que vaciló con su muerte creció en fuerza e intensidad a medida que su muerte se hizo conocida. Ha vivido mucho más maravillosamente y vívidamente desde que dejó este mundo que antes de abandonarlo. Uno se pregunta qué tipo de poesía habría escrito de haber vuelto *en esta vida,* cuál habría sido en tal caso su mensaje. Fue como si, cortado en la flor de su madurez viril, hubiera sido privado de esa fase final de desarrollo que permite al hombre armonizar finalmente sus yos en pugna. Víctima la mayor parte de su vida de una maldición que pesaba sobre sus actos, luchando con todas sus fuerzas para encontrar una salida hacia los espacios claros y abiertos de su ser, es derribado en el preciso instante en que sentimos que las nubes estaban disipándose. La fiebre de su actividad revela la conciencia de la brevedad de su vida, tal como ocurrió en el caso de D. H. Lawrence y de tantos otros. Cuando nos preguntamos si tales hombres alcanzaron a realizarse plenamente, nos sentimos inclinados a responder afirmativamente. Pero aun así, no se les concedió la oportunidad de dar una vuelta entera y, si queremos ser justos con ellos, tenemos que tomar en cuenta ese futuro no vivido. He dicho de Lawrence y lo diré de Rimbaud que si se les hubieran concedido otros treinta años de vida, habrían cantado otra canción muy diferente. Estuvieron siempre de acuerdo con sus destinos; fue su hado el que los traicionó y el que puede inducirnos a engaño cuando examinamos sus actos y sus móviles.

Rimbaud, a mi modo de ver, era del tipo evolutivo *par excellence*. Su evolución a través de la primera mitad de su vida no es más sorprendente que la de la segunda mitad. Somos nosotros, quizás, los que ignoramos la fase gloriosa en que estaba preparándose para entrar. Se sumerge por debajo de la línea de nuestro horizonte en vísperas de otro gran cambio, al comienzo de un período fructífero en que el poeta y el hombre de acción estaban a punto de fundirse. Lo vemos expirar como un hombre derrotado, acabado; no alcanzamos a percibir las recompensas que sus años de experiencia mundana estaban acumulando para él. Vemos dos tipos opuestos de ser reunidos en un hombre; vemos el conflicto, pero no alcanzamos a percibir la armonía o la resolución potenciales. Sólo aquellos a quienes interesa el *significado* de su vida se permitirán demorarse en tales especulaciones. Con todo, el único fin de investigar la vida de una gran personalidad, de estudiarla en conjunción con su obra, estriba en sacar a la luz lo que está escondido y oscuro, lo que estaba, digamos, incompleto. Hablar del verdadero Lawrence o del verdadero Rimbaud es reconocer el hecho de que existe un Lawrence *desconocido*, un Rimbaud *ignoto*. No habría controversia sobre tales personajes si hubieran sido capaces de revelarse enteramente. Es curioso observar a este respecto que son precisamente los hombres que tienen que habérselas con la revelación, con la *autorrevelación*, aquellos que encubren el más grande misterio. Tales individuos parecen haber venido al mundo para expresar el fondo más secreto y recóndito de su naturaleza. Que los roe un secreto, es innegable. No se necesita ser ocultista para advertir la diferencia que media entre sus problemas y los de otros hombres eminentes, entre las actitudes de unos y otros con respecto a esos problemas. Esos hombres están profundamente unidos al espíritu de la época, a los problemas subyacentes que la acosan y le dan su tono y carácter. Son siempre duales, en apariencia, y lo son con harta razón por cuanto encarnan lo nuevo y lo viejo al mismo tiempo. De ahí que se requiera más tiempo, mayor distanciamiento, para juzgarlos y avalarlos, que el que exigen sus contemporáneos, por ilustres que sean. Esos hombres tienen sus raíces en el mismo futuro que nos preocupa tan hondamente. Tienen dos ritmos, dos rostros, dos interpretaciones. Están integrados con la transición, con el cambio. Sabios de una forma nueva, su lenguaje nos parece críptico, cuando no alocado y contradictorio.

En uno de sus poemas, Rimbaud alude a ese corrosivo secreto al que he hecho referencia:

> Hydre intime, sans gueules,
> Qui mine et désole*.

Esta aflicción lo envenenó tanto en el cenit como en el nadir de su ser. El sol y la luna eran igualmente imperiosos en él y ambos se eclipsaron («Toute lune est atroce et tout soleil amer»). El meollo mismo de su ser estaba corroído, y la corrupción se difundía, como el cáncer de su rodilla. Su vida de poeta, que fue la fase lunar de su evolución, está marcada por el mismo eclipse que marca su vida posterior de aventurero y hombre de acción, que fue su fase solar. Después de haber escapado por un pelo a la locura en su juventud, consigue nuevamente zafarse de ella con su muerte. La única solución posible para él, de no haber sido arrebatado por la muerte, era la vida contemplativa, el camino místico. Y estoy convencido de

---

* «Hidra íntima, sin fauces, / que mina y desespera.»

que sus treinta y siete años de vida no habían sido sino una preparación para esa forma de vida.

¿Por qué me permito hablar con tanta certidumbre de esta parte inconclusa de su vida? Porque una vez más encuentro en ella analogías con mi propia vida, mi propio desarrollo. De haber muerto yo también a la edad en que murió Rimbaud, ¿qué se hubiera sabido de mis propósitos, de mis esfuerzos? Nada. Habría sido un fracasado. Tuve que esperar a los cuarenta y tres años de edad para ver publicado mi primer libro. Un acontecimiento fatal para mí, comparable desde cualquier punto de vista con lo que fue para Rimbaud la publicación de su «*Saison*». Con su advenimiento toca a su fin un largo ciclo de frustraciones y derrotas. En mi caso, aquél hubiera podido ser llamado también mi «libro negro». Es la última palabra en desesperación, rebeldía y maldición. Y es, también, profético y terapéutico, no sólo para el lector, sino también para mí. Tiene esa cualidad salvadora del arte que tan a menudo distingue a los libros que rompen con el pasado. Me permitió cerrar la puerta al pasado y retornar a él por la puerta trasera. El corrosivo secreto sigue devorándome, pero ahora es un «secreto público» y puedo hacerle frente.

Ahora bien, ¿cuál es la naturaleza de este secreto? Sólo puedo decir de él que está vinculado a las madres. Tengo la impresión de que sucedió otro tanto con Lawrence y Rimbaud. Toda la rebeldía que con ellos comparto viene de este problema que, en la medida en que soy capaz de expresarlo, significaría la búsqueda del verdadero vínculo que nos une con la humanidad. Vínculo que, los que pertenecemos a este tipo concreto, no hallamos ni en la vida personal ni en la colectiva. Somos inadaptados hasta la locura. Añoramos encontrar nuestro puerto, pero estamos rodeados de vastos espacios vacíos. Necesitamos un maestro, pero nos falta la humildad, la flexibilidad, la paciencia necesaria. No estamos cómodos ni nos sentimos a gusto con los grandes de espíritu; aun los más grandes entre ellos nos resultan sospechosos y defectuosos.

Y, pese a todo, sólo encontramos afinidad en los tipos más elevados. Es éste un dilema de primera magnitud, un dilema imbuido del más importante de los significados; ya que debemos establecer la diferencia radical de nuestro propio ser peculiar y, al hacerlo, descubrir la afinidad que nos vincula a toda la humanidad, aun a la más baja. Aquiescencia es la palabra clave. Pero la aquiescencia es, al mismo tiempo, el gran obstáculo. Tiene que ser una aceptación total y no mero conformismo.

¿Qué es lo que hace tan difícil aceptar el mundo para este tipo de personalidad? Según lo veo ahora, el hecho de que en los primeros años de su vida, toda la parte oscura de la vida y del propio ser haya sido suprimida, reprimida tan profundamente, hasta el punto de ser irreconocible. No haber renegado de esta parte oscura del ser hubiera significado –según concluimos inconscientemente– una pérdida de individualidad, una pérdida aún más grande de libertad. La libertad está vinculada a la diferenciación. La salvación significa en este caso sólo la preservación de la identidad impar que nos caracteriza en un mundo que tiende a hacer de todos y de todo una misma cosa. Ésta es la razón del miedo. Rimbaud insistía en que quería la *libertad* en la salvación. Pero nos salvamos sólo rindiendo esta libertad ilusoria. La libertad que él reclamaba era la libertad de su ego para afirmarse sin restricciones. Y eso no es libertad. Apoyados en esta ilusión podemos, si vivimos lo suficiente, desplegar todas las facetas de nuestro ser y aun hallar motivos de queja, motivos para rebelarnos. Se trata de una especie de libertad que nos garantiza el derecho de objetar, de separarnos en caso de necesidad. No tiene en cuenta las diferencias del resto de la gente, sólo las propias; y nunca podrá ayudarnos a hallar el eslabón, la comunicación personal con el resto de la humanidad. Nos quedamos así separados por siempre, aislados para siempre.

El sentido único de todo esto radica para mí en que estamos aún ligados a la madre. Nuestra rebelión no fue en el fondo más que tierra en el ojo, el frenético intento de ocultar ese lazo. Los hombres de esta laya están siempre contra su tierra natal; no podría ser de otro modo. La sujeción es el gran espantajo, ya se trate de la sujeción a la patria, a la iglesia o a la sociedad. Sus vidas se consumen en romper trabas, pero la ligazón secreta les carcome las entrañas y no les da tregua. La única salida es avenirse con la madre para poder librarse de la obsesión de las trabas. «¡Fuera, fuera para siempre! Sentado en el umbral del útero materno.» Creo que ésas son mis propias palabras en *Primavera negra*, un período dorado en el que estuve casi a punto de entrar en posesión del secreto. No puede sorprender que se esté alejado de la madre. No se la advierte, salvo como obstáculo. Anhelamos la comodidad y la seguridad de su vientre, la oscuridad y tranquilidad que para el nonato es el equivalente de la iluminación y la aceptación para los que han nacido realmente. La sociedad está hecha de puertas cerradas, de tabús, de leyes, represiones y prohibiciones. No hay forma de dominar esos elementos que configuran la sociedad y a través de los cuales debemos trabajar si es que alguna vez podremos establecer una sociedad auténtica. Es una danza perpetua al borde de un cráter. Se puede ser aclamado como un gran rebelde, pero nunca seremos amados. Y para el rebelde, más que para el resto del género humano, es absolutamente necesario conocer el amor, darlo aún más que recibirlo y serlo aún más que darlo.

Cierta vez escribí un ensayo titulado «El útero enorme». En él, concebía al mundo como una gran matriz, como el lugar mismo de la creación. Se trataba de un esfuerzo tan válido como valeroso hacia la aceptación; un presagio de una aceptación más genuina que debía sucederle poco después, una aceptación a la que me entregué con todo mi ser. Pero mi actitud de interpretar el mundo como matriz y creación no fue del agrado de otros rebeldes. Lo único que conseguí fue aislarme aún más. Cuando el rebelde riñe con el rebelde, como sucede generalmente, es como si la tierra se desmoronara bajo sus pies. Rimbaud experimentó esa sensación de hundimiento durante la Comuna. Al rebelde profesional le cuesta tragar tal actitud. Y ha hallado un nombre degradante para calificarla: traición. Pero es justamente esta naturaleza traicionera del rebelde la que lo distingue del rebaño. El rebelde es traicionero y sacrílego a la vez, si no en la letra, al menos en el espíritu. Es en el fondo un traidor, porque teme la humanidad que lleva en sí y que podría unirlo a sus semejantes; es un iconoclasta porque, al reverenciar demasiado la imagen, llega a temerla. Lo que quiere sobre todas las cosas es su humanidad común, sus poderes de adoración y reverencia. Está harto de estar solo, no quiere ser siempre un pez fuera del agua. No puede vivir con sus ideales a menos que éstos sean compartidos, pero ¿cómo comunicarlos si no habla el mismo idioma que su prójimo? ¿Cómo conquistarlo si no conoce el amor? ¿Cómo conocerlo para que construya si toda su vida está consagrada a destruir?

¿Sobre qué cimientos ha sido edificada la inquietud? La «hydre intime» carcome y carcome hasta que el centro mismo de nuestro ser se convierte en polvo y aserrín y todo el cuerpo, el propio y el del mundo, son como un templo de desolación. «Rien de rien ne m'illusionne!», gritaba Rimbaud. A pesar de ello, toda su vida no fue sino una gran ilusión. Nunca desentrañó, jamás pudo asir la verdadera realidad de su ser. La realidad era la máscara que trataba con fieras garras de arrancar. Había en él una sed insaciable.

> Légendes ni figures
> Ne me désalterent*.

No, nada podía saciar su sed. La fiebre estaba metida en sus entrañas, donde el secreto roía y roía. Su espíritu se revela a sí mismo desde las profundidades amnióticas donde,

---

* «Ni leyendas ni símbolos / apagan mi sed.»

como un barco ebrio, se agita sobre el mar de sus poemas. Dondequiera que la luz penetra, hiere. Cada mensaje del brillante mundo del espíritu abre una fisura en la pared de la tumba. Habita un refugio ancestral que se derrumba con la mera exposición a la luz del día. Se sentía cómodo con todo lo que había de más elemental, era un ser atávico, una figura arcaica, más francés que cualquier otro francés y, aun así, un extranjero en su propia patria. Rechazaba todo cuando hubiera sido erigido a la luz del esfuerzo común. Su memoria, que abarca la época de las catedrales, el tiempo de las cruzadas, es una memoria racial. Casi como si el nacimiento no hubiera conseguido individualizarlo. Llega al mundo pertrechado como un sarraceno. Con otro código, otro principio de acción, otra concepción del mundo. Es un primitivo, dotado de toda la nobleza de la antigua alcurnia. Excelente en todos los sentidos, lo mejor para ocultar su lado negativo. Es ese ser diferenciado, el prodigio, nacido de la carne y la sangre humana pero amamantado por lobos. Ninguna jerigonza analítica podrá jamás explicar al monstruo. Sabemos lo que no pudo hacer, pero ¿quién puede decir lo que habría hecho por lealtad a su ser? Tendremos que enmendar las leyes de la comprensión para poder descifrar tal enigma.

Hay hombres que parecen obligarnos a modificar nuestros métodos de percepción. Ese antiguo refugio en el cual Rimbaud vivió con su secreto a cuestas, está derrumbándose rápidamente. Todo personaje discordante será obligado en breve plazo a salir de su reducto. Ya no quedan escondites. En la condición común, la figura fantástica, con su misteriosa enfermedad, será forzada a abandonar su extraña trinchera. Todo el mundo, hombres y mujeres, es rodeado, arrastrado ante los estrados de la justicia. ¿Qué importa que unos pocos espíritus estén enfermos a sus anchas, inadaptados, destilando perfume de sus sufrimientos? Ahora la raza entera está preparándose para sufrir la gran ordalía. Con este gran acontecimiento casi inminente, la lectura de las estelas se hace cada vez más importante y excitante. Muy pronto y de golpe, estaremos todos nadando codo a codo, el vidente y el hombre común. Un mundo enteramente nuevo, un mundo repulsivo y aterrador, está ya a nuestras puertas. Despertaremos un día para presenciar una escena más allá de toda comprensión. Poetas y videntes han venido anunciando este nuevo mundo durante generaciones, pero nos hemos resistido a creerlos. Nosotros, habitantes de estrellas fijas, hemos vuelto las espaldas al mensaje de los errantes del cielo. Los hemos considerado planetas muertos, fantasmas fugitivos, sobrevivientes de catástrofes hace tiempo olvidadas.

¡Qué parecidos a los errantes del cielo son los poetas! ¿No parecen acaso estar como los planetas en comunicación con otros mundos? ¿No nos hablan de cosas por venir tanto como de cosas sucedidas hace tiempo, enterradas en la memoria racial del hombre? ¿Qué significado más lógico podemos dar a su paso fugaz por la tierra que la de emisarios de otro mundo? Nosotros vivimos rodeados de datos muertos mientras ellos viven en los signos y los símbolos. Sus añoranzas coinciden con las nuestras sólo cuando nos aproximamos al perihelio. Están tratando de liberarnos de nuestras amarras, nos urgen a volar con ellos en alas del espíritu. Están siempre anunciando el advenimiento de cosas futuras y nosotros los crucificamos porque vivimos en el temor de lo desconocido. En el poeta, los resortes de la acción permanecen ocultos. A un ejemplar mucho más evolucionado que el resto de la especie –y aquí, quiero involucrar en el término «poetas» a todos cuantos habitan en el espíritu y la imaginación– le está permitido sólo el mismo período de gestación que a los demás hombres. Tiene que continuar el proceso de su gestación aún después del nacimiento. El mundo que habitará no es el nuestro; sólo se parece a él en la medida en que, según se dice, nuestro mundo se parece al del hombre Cro-Magnon. Su concepción de las cosas es similar a la de un hombre venido de un mundo tetradimensional y que debe sobrevivir en otro tridimensional. Está en nuestro mundo, pero no le pertenece; su bandera está en otra parte. Su misión es seducirnos, hacernos intolerable este mundo limitado que nos confina. Pero sólo son capaces de responder a la llamada aquellos que han vivido a través de su mundo tridimensional, que han sabido agotar sus posibilidades.

Los signos y símbolos usados por el poeta son una de las pruebas más válidas de que el lenguaje es un medio de tratar con lo indecible y lo inescrutable. Tan pronto como los símbolos se vuelven comunicables en todos los planos, pierden su validez y su eficacia. Pedir al poeta que hable el idioma del hombre de la calle es como esperar que el profeta aclare sus predicciones. Lo que nos habla desde reinos más altos y distantes viene envuelto en el secreto y el misterio. Lo que está siendo constantemente propagado y elaborado a través de la explicación –en resumen, el mundo conceptual– es al mismo tiempo comprimido, oprimido por el uso de la estenografía de los símbolos. No podemos explicar nada, salvo que lo hagamos en forma de nuevos acertijos. Lo que pertenece al reino del espíritu, de lo eterno, escapa a toda explicación. El lenguaje del poeta es asintótico; corre a la par de la voz interior cuando ésta aborda la infinitud del espíritu. A través de este registro interior, el hombre sin lenguaje, por decirlo así, se pone en comunicación con el poeta. No se trata de una cuestión de educación verbal sino de desarrollo espiritual. La pureza de Rimbaud no resulta en ninguna otra parte tan manifiesta como en este inquebrantable diapasón que supo mantener a través de toda su obra. La entienden bien los tipos más diversos y lo interpretan mal los tipos más diversos. Sus imitadores pueden ser desenmascarados inmediatamente. Nada tiene en común con la escuela de los simbolistas. Y nada tiene en común con los surrealistas, me parece a mí. Es el antepasado de muchas escuelas y el padre o pariente de ninguna. Es su original utilización del símbolo lo que garantiza su genio. Su simbología se forjó en la sangre y la angustia. Fue al mismo tiempo una protesta y una estratagema en contra de la funesta difusión de conocimiento que amenazaba con sofocar la pura fuente del espíritu. Fue también una ventana abierta a un mundo de relaciones mucho más complejas para el que el antiguo lenguaje de los símbolos había perdido utilidad. En esto se acerca más al matemático y al científico que el poeta de nuestra época. A diferencia de los poetas de nuestro tiempo, *no* recurrió a los símbolos utilizados por matemáticos y científicos. Su lenguaje es el lenguaje del espíritu, no el de los pesos, las medidas y las relaciones abstractas. Sólo en esto nos da ya la pauta de lo absolutamente «moderno» que podía ser.

Quisiera detenerme aquí para ampliar un tema al que hice alusión anteriormente: el de la comunicación entre poeta y lector. Al elogiar el uso que Rimbaud hace del símbolo quiero recalcar que es en esa dirección precisamente donde radica la verdadera tendencia del poeta. Existe una gran diferencia, a mi entender, entre la utilización de una escritura más simbólica y el empleo de una jerga más estrictamente personal, que he calificado de «jerigonza». El poeta moderno parece darle la espalda a su público, como si lo despreciara. Actúa a veces, a manera de autodefensa, como el físico o el matemático que recurren a un lenguaje cifrado absolutamente fuera de la posibilidad de comprensión de la gente más culta, un lenguaje esotérico sólo inteligible para los miembros de su propia secta. Parece olvidar que su función es diametralmente distinta de la de quienes trabajan con el mundo físico o abstracto. Su *medium* es el espíritu y su relación con el mundo, con los demás hombres, es una relación vital. Su lenguaje no debe ser para el laboratorio sino para los lugares más recónditos del corazón. Si renuncia al poder de conmovernos, su *medium* se hace inútil. El lugar natural de la renovación es el corazón y es allí donde debe anclar el poeta. El hombre de ciencia está, por el contrario, enteramente absorbido por el mundo de la ilusión, por el mundo físico donde *se obliga a las cosas a suceder*. Es víctima de los poderes que antaño esperaba explotar. Sus días están contados. El poeta nunca se encontrará en esa posición. En primer lugar, no sería un poeta si su instinto vital estuviera tan pervertido como el del científico. Pero el peligro que se cierne sobre él es la anulación de sus poderes; traicionando su confianza, está entregando los destinos de innumerables seres en manos de individuos profanos cuya única meta es su propio engrandecimiento personal. La abdicación de Rimbaud es de otro calibre, ajeno a la autoliquidación del poeta contemporáneo. Rimbaud se negó a convertirse, para poder sobrevivir, en algo distinto de lo que era su oficio de poeta. Nuestros poetas son celosos de su nombre pero no muestran ninguna disposición a aceptar la responsabilidad que emana de su oficio. No han *demostrado* ser poetas; se conforman meramente con darse el nombre de tales. No escriben para un mundo pendiente de cada una de sus palabras, sino que escriben los unos para los otros. Justifican su impotencia haciéndose deliberadamente ininteligibles. Encerrados en sus egos pequeños y glorificados, se mantienen alejados del mundo por temor a ser pulverizados al primer contacto. Si los observamos a fondo, no son ni siquiera personales, porque de serlo podríamos entender su delirio y su tormento. Se han vuelto tan abstractos como las ecuaciones de los físicos. La suya es una nostalgia prístina por un mundo de poesía pura en el que el esfuerzo por comunicarse se ha reducido a cero*.

Cuando pienso en aquellos otros grandes espíritus contemporáneos de Rimbaud, como Nietzsche, Strindberg o Dostoyevski; cuando pienso en sus angustias, en esa ordalía que iba mucho más allá de cuanto han tenido que soportar todos nuestros hombres de genio juntos, comienzo a pensar que la segunda mitad del siglo XIX fue uno de los períodos más malditos de la historia. De ese puñado de mártires, pre-

---

* Véase el ensayo titulado «Carta abierta a los surrealistas de todas partes», en *The Cosmological Eye*, New Directions, Nueva York.

ñados de premoniciones del futuro, aquel cuya tragedia se acerca más a la de Rimbaud, es Van Gogh. Nacido un año antes que Rimbaud, se suicida casi a la misma edad. Como Rimbaud, era también dueño de una firme voluntad, de un valor casi sobrehumano, de una energía y una perseverancia extraordinarias, todo lo cual le permitió librar un combate desigual. Pero, al igual que Rimbaud, la lucha habría de agotarlo en la flor de la edad, para caer vencido en la plenitud de sus fuerzas.

Los vagabundeos, los cambios de ocupación, las vicisitudes, las humillaciones y frustraciones, la nube de anonimato que los envolvía, todos estos factores comunes a las vidas de ambos, los hacen destacarse entre sus semejantes como desventurados gemelos. Sus vidas figuran entre las más tristes de los tiempos modernos. Nadie puede leer la correspondencia de Van Gogh sin caer una y otra vez en la desesperación. La gran diferencia entre ellos reside, sin embargo, en el hecho de que la vida de Van Gogh es una fuente de inspiración. Poco después de su muerte, el Dr. Gachet, que había llegado a comprender profundamente a su paciente, escribió a Theo, el hermano de Vincent: «¡Amor al arte no es la expresión exacta! ¡Habría que darle más bien el nombre de *fe*, una fe de la cual Vincent fue el mártir!». Éste es, precisamente, el elemento que parece faltar enteramente en Rimbaud, la fe, ya sea en un dios, en el hombre o en el arte. Y es esta carencia lo que hace que su vida nos parezca gris, cuando no totalmente negra. No obstante, las identidades de temperamento son numerosas y sorprendentes. El vínculo mayor que los une es la pureza de su arte. Y la medida de esta pureza nos es dada bajo la forma del sufrimiento. Al terminar el siglo XIX, esta forma de angustia no parece ya posible. Entramos en un nuevo clima, no necesariamente mejor, pero en el cual el artista se ha hecho más duro, más indiferente. Quienquiera que hoy experimente esa forma de angustia y la exprese será considerado un «romántico incurable». Nadie espera que *sintamos* ya de esa misma manera.

En julio de 1880 Van Gogh escribió a su hermano una de esas cartas que llegan al corazón mismo de las cosas, una carta que toca en lo más vivo. Al leerla, se recuerda a Rimbaud. Existe a menudo en las cartas de ambos una identidad de lenguaje asombrosa. Nunca están más unidos que cuando se defienden de la calumnia. En esta carta, especialmente, Van Gogh se defendía de la calumniosa acusación de ociosidad. Describe minuciosamente dos clases de ociosidad, la perjudicial y la provechosa. Se trata verdaderamente de un sermón, digno de ser releído más de una vez. En un fragmento de esta carta podemos oír el eco mismo de las palabras de Rimbaud: «De modo que no debes pensar que reniego de esto o de lo de más allá», escribe, «soy bastante fiel en mi infidelidad y, aunque he cambiado, soy el mismo, y lo único que me atormenta es ¿para qué puedo servir? ¿No podría ser útil, de algún modo? ¿Cómo hacer para aprender aún más y profundizar en determinados temas? Ya ves, eso es lo que me atormenta constantemente, pero me siento atado por la miseria, excluido de participar en esta u otra obra y ciertas cosas necesarias están fuera de mi alcance. Por todo esto no se puede dejar de sentir melancolía. Siente uno como un gran vacío donde debería haber amistades y afectos fuertes y serios, siente un terrible descorazonamiento royéndole hasta la misma energía moral, la fatalidad parece poner una barrera a los instintos afectivos y sentimos como una oleada de asco que sube en nosotros, hasta hacernos exclamar: ¿Hasta cuándo, Dios mío?».

Más adelante, sigue estableciendo la diferencia que separa al ocioso por pereza, por falta de carácter, por bajeza de índole, de la otra clase de ocioso, el que lo es a pesar suyo, el que está interiormente consumido por un gran deseo de acción y que no hace nada porque le es imposible hacer nada. Y sigue en ese tono. Recurre a la imagen del pájaro en la jaula de oro. Y agrega luego –palabras patéticas, fatídicas, que destrozan el corazón–: «Y los hombres se ven a veces en la imposibilidad de hacer nada, prisioneros en no sé qué jaula horrible, horrible, horrible. Existe también, lo sé, la liberación tardía. Una reputación echada a perder, justamente o no, la pobreza, la fatalidad de las circunstancias, la desdicha, esto es lo que nos hace prisioneros. Pero uno no sabría a veces explicar qué es lo que nos encierra, nos limita, lo que parece enterrarnos, y sentimos, sin embargo, no sé qué barrotes, qué grillos, qué muros. ¿Es todo esto pura imaginación, pura fantasía? No lo creo; además, uno se pregunta: ¡Dios mío, ¿será por mucho tiempo, será para siempre, será por toda la eternidad? ¿Sabes qué es lo que le libra a uno de este cautiverio? Todo afecto profundo, serio. Ser amigos, hermanos, amar, eso es lo que abre las puertas de la prisión con su poder soberano, son su poderosa magia. Y quien no cuente con esto, sigue muerto. Donde renace la simpatía, renace la vida».

¡Cuánto paralelismo entre la exiliada existencia de Rimbaud, entre los nativos de Abisinia y el retiro voluntario de Van Gogh entre los huéspedes de un manicomio! Sin embargo, fue precisamente en estos fantásticos decorados donde ambos hallaron paz y satisfacción relativas. Durante ocho años, dice Enid Starkie, «el único amigo y consuelo de Rimbaud parece haber sido Djami, el muchaho harari de catorce o quince años de edad, su sirviente, su compañero constante... Djami fue una de las pocas personas en su vida que Rimbaud recordó y de la que habló con afecto, el único amigo a quien nombró en su lecho de muerte, cuando el pensamiento de otros suele volverse hacia quienes conocieron en su primera juventud». En cuanto a Van Gogh, quien permanece a su lado en las horas negras es el cartero Roulin. Su gran ambición de hallar alguna vez alguien con quien vivir y trabajar nunca pudo materializarse en el mundo exterior. La experiencia con Gauguin no sólo fue desastrosa, sino fatal. Cuando, finalmente, encontró al buen Dr. Gachet en Auvers, era demasiado tarde, su fibra moral había sido minada. «Sufrir sin quejarse es la única lección que tenemos que aprender en esta vida.» Ésta fue la conclusión que Van Gogh sacó de su amarga experiencia. Y su vida llega a su fin con esta nota de suprema resignación. Van Gogh murió en julio de 1890. Un año después, Rimbaud escribía a sus parientes: «Adiós, matrimonio; adiós, familia; adiós, porvenir; mi vida ha pasado. Ya no soy más que un tronco inmóvil».

Nadie ha deseado tan ardientemente la libertad y la independencia como estos dos espíritus prisioneros. Ambos eligieron deliberadamente, al parecer, los senderos más arduos para ellos. Para ambos, la copa de amargura se colmó hasta rebosar. En ambos había una herida que nunca se cerró... Unos ocho años antes de su muerte, Van Gogh revela en una de sus cartas las consecuencias de su segunda gran desilusión amorosa: «Una sola palabra bastó para hacerme sentir que nada ha cambiado en mí en ese sentido, que es y seguirá siendo una herida que llevo conmigo, muy honda y que nunca cicatrizará». Algo parecido sucedió con Rimbaud. Aunque es poco o nada lo que sabemos de ese desdichado asunto, es natural creer que el efecto debió ser igualmente devastador.

Hay otra cosa que les era común y que merece también destacarse: la extremada simplicidad de sus exigencias cotidianas. Eran ascéticos como sólo pueden serlo los santos. Se ha dicho que Rimbaud vivió pobremente porque era tacaño por naturaleza. Pero lo cierto es que, cuando pudo amasar una considerable fortuna, se mostró dispuesto a separarse de ella a la primera petición. En 1881, escribe a su madre desde Harar: «Si lo necesita, tome lo que sea: es suyo. En cuanto a mí, no tengo a nadie en quien pensar, salvo yo mismo, que no pido nada». Cuando se piensa que estos hombres, cuyas obras fueron una fuente eterna de inspiración para las generaciones sucesivas, se vieron obligados a vivir como esclavos, que tenían dificultad para conseguir su sustento cuando sus necesidades eran escasamente mayores que las de un «coolie», ¿qué se puede decir de la sociedad en cuyo seno brotaron? ¿No salta a la vista que una sociedad tal está preparando su propia caída? En una de sus cartas desde Harar, Rimbaud compara a los nativos abisinios con los blancos civilizados. «La gente de Harar –dice– no es más estúpida, ni más canalla, que los negros blancos de los países llamados civilizados; no son del mismo orden, eso es todo. Son tal vez menos malos y pueden, en ciertos casos, demostrar agradecimiento y fidelidad. Se trata sólo de ser humano con ellos.» Como Van Gogh, se sentía más cómodo con los despreciados y oprimidos que con sus iguales. Tomó por mujer a una nativa para satisfacer su necesidad de sentimientos, mientras que Van Gogh, por su parte, hizo las veces de marido (y de padre de sus hijos) de una desdichada mujer, inferior a él en todos los sentidos, una mujer que le hizo la vida imposible. Aun en lo que se refiere al amor carnal, les fueron negados los privilegios del hombre común. Cuanto menos pedían de la vida, menos recibían. Vivieron como espantapájaros en medio de las abundantes riquezas de nuestro mundo cultural. No obstante, no hubo otros dos hombres en su época que afinaran más sus sentidos en espera de un festín. En el lapso de unos pocos años, no sólo habían devorado, sino digerido, la herencia acumulada a lo largo de varios milenios. Tuvieron que enfrentarse con la inanición en medio de una aparente abundancia. Era el momento para entregar el alma a Dios. Europa estaba ya preparándose activamente para hacer pedazos el molde, que había crecido hasta alcanzar las dimensiones de un ataúd. Los años que han pasado desde su muerte pertenecen a la parte oscura de la vida en cuya sombra habían luchado por respirar. Todo lo que hay de bárbaro, de salvaje, de no purgado, está saliendo a la superficie con la fuerza de una erupción. Al fin estamos empezando a comprender qué poco moderna es esta famosa «edad moderna». Hemos hecho todo lo posible por liquidar a los espíritus verdaderamente modernos. Sus añoranzas parecen ahora, ciertamente, románticas; hablaban el lenguaje del alma. Nosotros estamos ahora, en cambio, utilizando un idioma muerto, cada cual el suyo. La comunicación ha terminado; sólo nos falta entregar el cadáver.

«Seguramente saldré para Zanzíbar el mes que viene», escribe Rimbaud en una de sus cartas. En otra, piensa irse a la India o la China. De vez en cuando pregunta qué novedades hay sobre el Canal (¿de Panamá?). Viajaría hasta el fin de la tierra si existiera allí alguna esperanza de ganarse la vida. Nunca se le ocurre regresar a su patria para empezar de nuevo. Su mente se vuelve siempre hacia los lugares exóticos.

¡Cómo me suena a conocido todo esto! Con cuánta frecuencia soñaba yo antes con irme a Tombuctú. Una vez estuve en el Museo Trocadero contemplando largamente los rostros de los nativos de las islas Carolinas. Estudiando sus hermosos rasgos, recordé que unos parientes lejanos habían ido a establecerse allí. Si yo pudiera llegar alguna vez allí, pensaba, me sentiría finalmente «en casa». En cuanto a Oriente, siempre lo he tenido metido en la cabeza, es un deseo que nació en mí, tempranamente, en la niñez. No sólo China y la India, sino Java, Bali, Birmania, el Tíbet, Nepal. Ni una sola vez se me pasó por la cabeza que podría tropezar con dificultades en esos lugares remotos. Siempre me pareció que sería recibido con los brazos abiertos. Volver a Nueva York era, por el contrario, un pensamiento sobrecogedor. La ciudad cuyas calles conozco como la palma de mi mano, donde tengo tantos amigos, sigue siendo el último lugar de la tierra al que recurriría. Preferiría morir antes que verme obligado a pasar el resto de mi vida en el lugar donde nací. Sólo puedo imaginarme regresando a Nueva York absolutamente menesteroso, un inválido, un hombre terminado.

¡Con cuánta curiosidad releo las primeras cartas de Rimbaud! Apenas si ha comenzado sus vagabundeos. Divaga, discursivamente, sobre los paisajes que ha contemplado, la naturaleza del país en que está, las minucias que los compatriotas que han quedado en la tierra natal leen siempre con asombro y deleite. Está seguro de que cuando llegue a su destino habrá de encontrar un buen empleo. Está seguro de sí mismo, lleno de optimismo. Todo irá bien; es joven y hay mucho que ver en este ancho mundo. Pero no habrá de pasar mucho tiempo antes de que el tono cambie. A pesar de toda la vitalidad y de todo el entusiasmo que despliega, a pesar de toda su disposición para el trabajo, a pesar de todo cuanto posee en materia de talento, de ingeniosidad, tenacidad y adaptabilidad, no tarda en descubrir que, en realidad, no existe en ninguna parte un lugar para un hombre de su especie. El mundo no quiere originalidad, quiere conformidad, esclavos, más esclavos. El lugar que corresponde al genio está en el albañal, cavando zanjas, o en las minas y canteras, donde su talento no será utilizado. Un genio en busca de empleo es uno de los espectáculos más tristes del mundo. No encaja en ninguna parte, nadie quiere saber nada de él. Es un inadaptado, dice el mundo. Y con esto le cierran violentamente la puerta en las narices. Pero, ¿es que no hay entonces sitio para él? Sí, siempre queda sitio en lo más bajo del fondo. ¿No lo habéis visto nunca en el puerto, cargando bolsas de café o algún otro artículo «de primera necesidad»? ¿No habéis observado qué bien lava los platos en la cocina de un inmundo restaurante? ¿No lo habéis visto cargando maletas en una estación de ferrocarril?

Yo nací en Nueva York, donde existen todas las oportunidades de triunfo posibles, según se imagina el resto del mundo. No me resulta muy difícil imaginarme haciendo cola en las agencias de empleo y las casas de caridad. El único trabajo para el cual parecía capaz en aquellos días era el de lavar platos. Y, encima, llegaba siempre tarde. Hay miles de hombres siempre dispuestos a lavar platos, ansiosos de hacerlo. A menudo acababa cediendo mi lugar a otro pobre diablo que me parecía estar en condiciones mil veces peores que la mía. Otras veces pedía algún dinero para viajar o para tomar un plato de sopa a alguno de los candidatos que estaban en la cola y terminaba olvidándome por completo del empleo. Si veía algún anuncio para algo más de mi gusto en una ciudad vecina, iba primero allí aunque tuviera que perder todo el día para llegar. Más de una vez he recorrido miles y miles de kilómetros a la caza de un empleo quimérico, de camarero por ejemplo. A menudo la sola idea de la aventura me animaba a irme muy lejos. Podía entablar conversación en el camino con alguien que alteraría todo el curso de mi vida; podía «venderme» a él, simplemente porque estaba tan desesperado. Así razonaba conmigo mismo. A veces me daban el empleo que buscaba, pero, convencido en el fondo de que no podría conservarlo, daba media vuelta y regresaba. Siempre con el estómago vacío, naturalmente. Todas mis llegadas y partidas eran con el estómago vacío. Ésa es la segunda cosa que siempre he asociado con el genio, la falta de comida. Primero no lo quieren, luego no hay comida para él. Y en tercer lugar, no sabe dónde apoyar la cabeza para descansar. Aparte de estas incomodidades, su vida, como nadie ignora, es la vida de Reilly. Es perezoso, negligente, inestable, traicionero, mentiroso, ladrón, vagabundo. Donde vaya causa insatisfacción. Realmente, es un tipo imposible. ¿Quién puede llevarse bien con él? Nadie, ni siquiera él mismo.

Pero, ¿por qué machacar en las cosas desagradables, discordantes? La vida del genio no es sólo suciedad y miseria. Todos tenemos nuestros problemas, seamos o no genios. Sí, eso es cierto. Y nadie tiene en más estima la verdad que el hombre de genio. De vez en cuando encontraréis al genio con un plan para salvar al mundo bajo el brazo, o al menos con un método de regeneración de la humanidad. La gente se ríe de ellos: son sueños descabellados absolutamente utópicos. «¡Navidad en la tierra!», por ejemplo. ¡Qué sueño de drogado! Dejemos que lo pruebe primero consigo, decís. ¿Cómo puede salvar a otros si es incapaz de salvarse a sí mismo? La clásica respuesta. Irrefutable. Pero el genio jamás aprende. Nació con el sueño del Paraíso, y sin importarle parecer un chiflado, luchará una y otra vez por hacerlo realidad. Es incorregible, un criminal reincidente en el verdadero sentido de la palabra. Comprende el pasado, puede entrever el futuro, pero el presente carece de sentido para él. El triunfo no le atrae en absoluto. Desdeña todas las recompensas, todas las oportunidades. Es un descontento. Aun cuando aceptáis su obra, vuestra opinión le importa muy poco. Ya está en otra cosa, su brújula señala otro derrotero, su entusiasmo está en otra parte. ¿Qué podéis hacer por él? ¿Cómo aplacarlo? No podéis hacer nada. Está fuera de alcance. Persigue lo imposible. Esta desagradable imagen del hombre de genio es, en mi opinión, exacta. Aunque inevitablemente diferente bajo cierto punto de vista, reproduce tal vez la difícil situación del hombre excepcional aun en las sociedades primitivas. Los primitivos también tienen sus inadaptados, sus neuróticos, sus psicópatas. A pesar de lo cual, seguimos creyendo que eso es propio de su condición, que llegará un día en que este orden de individuos no sólo hallará un lugar en el mundo, sino que será por añadidura honrado y admirado. Quizá éste también sea un sueño de drogado. Quizá la adaptación, la armonía, la paz y la comunicación son distintas formas de espejismo, que siempre habrán de engañarnos. Sin embargo, el hecho de que hayamos elaborado estos conceptos, que poseen el más profundo significado para nosotros, significa que son realizables. Pueden haber sido creados por necesidad, pero habrán de cumplirse a través del deseo. El hombre de genio vive generalmente *como si* estos sueños pudieran cumplirse. Está demasiado cargado de la energía que generan para desprenderse de ellos; es, en este sentido, semejante a esos supremos renunciadores que rechazan el nirvana hasta que toda la humanidad pueda tener acceso a él.

«¡Los dorados pájaros que revolotean en la umbría de sus poemas!» ¿De dónde vinieron esos pájaros dorados de Rimbaud? Y ¿hacia dónde vuelan? No son palomas ni buitres; habitan el aire. Son mensajeros privados, incubados en la oscuridad y liberados mediante la iluminación. No tienen ninguna semejanza visible con las criaturas del aire y tampoco son ángeles. Son las raras aves del espíritu, aves de paso, que vuelan de sol a sol. No quedan aprisionadas en el poema, sino que se liberan en él. Ascienden con alas de éxtasis y se desvanecen en el fuego.

Condicionado por el éxtasis, el poeta es como un magnífico pájaro de una especie desconocida, enviscado en las cenizas del pensamiento. Si logra liberarse es sólo para cumplir un vuelo de sacrificio hacia el sol. Sus sueños de un mundo regenerado no son sino las reverberaciones de sus propias pulsaciones febriles. Imagina que el mundo va a seguirlo, pero cuando llega al azur descubre que está solo. Solo, pero rodeado de sus propias creaciones y estimulado por ellas para afrontar el sacrificio supremo. Se ha logrado lo imposible; el diálogo del autor con el Autor es consumado. Y a partir de ese momento, a través de los tiempos, la canción se expande, encendiendo todos los corazones, penetrando en todas las mentes. En la periferia el mundo está desapareciendo paulatinamente; en el centro resplandece como un carbón ardiente. En el gran corazón solar del universo las aves doradas se congregan al unísono. Allí donde siempre es alborada, paz, armonía y comunión perennes. El hombre no vuelve los ojos al sol en vano; exige luz y calor no para el cuerpo, del cual un día se despojará, sino para su ser interior. Su más alta aspiración es arder de éxtasis, sumar su pequeña llama al gran fuego central del universo. Si otorga alas a los ángeles para que puedan llegar a él con mensajes de paz, armonía y esplendor de mundos ultraterrenos, es sólo para alimentar sus propios sueños de vuelo, para afianzar su propia convicción de que un día llegará más allá de sí mismo y con alas de oro.

Una creación equivale a otra; en su esencia, todas son iguales. La fraternidad humana no estriba en pensar del mismo modo, en actuar del mismo modo, sino en aspirar a alabar la creación. La canción de la creación surge de las ruinas del esfuerzo terrenal. El hombre exterior desaparece paulatinamente a fin de revelar el pájaro de oro que vuela hacia la divinidad.

Segunda parte
¿Cuándo dejan los ángeles de parecerse a sí mismos?

Hay un pasaje en *Una temporada en el infierno* (la parte titulada «Lo imposible») que parece encerrar la clave de la horrorosa tragedia que representa la vida de Rimbaud. Que ésta sea la última obra que escribió –¡a los dieciocho años!– tiene cierta importancia. Aquí su vida se escinde en dos partes o, viéndolo desde otro punto de vista, se completa. Como Lucifer, Rimbaud logra hacerse expulsar del cielo, del cielo de la juventud. Es vencido, no por un arcángel, sino por su propia madre, que personifica para él la autoridad. Es un destino que él mismo convocó desde el comienzo. El joven brillante, dueño de todos los talentos y que los menosprecia, parte bruscamente su vida en dos. Se trata de un acto magnífico y horrible al mismo tiempo. Satanás mismo no podría haber ideado un castigo más cruel que el que Arthur Rimbaud se dio a sí mismo en su indomable orgullo y egotismo. En el umbral mismo de la madurez viril, rinde su tesoro (el genio del creador) a ese «secreto instinto y poder de muerte que hay en nosotros» y que Amiel ha sabido describir tan bien. La «hydre intime» deforma de tal modo la imagen del amor, que finalmente sólo son discernibles la impotencia y el despecho. Abandonando toda esperanza de recobrar la llave de la perdida inocencia,

Rimbaud ahonda en el negro pozo en el que el espíritu humano toca el nadir. Parodiando las palabras de Krishna: «Con éste yo edifico todo el universo y permanezco separado para siempre».

El pasaje donde revela su conciencia de ello y su indigente elección, reza así:

«¡Si a partir de ahora él estuviera siempre bien despierto, pronto llegaríamos a la verdad, que tal vez nos rodee con su ángeles llorosos!... ¡Si hasta ahora hubiera estado despierto, es porque yo no habría cedido a los instintos deletéreos, a una época inmemorial! ¡Si hubiera estado siempre bien despierto, yo bogaría en plena sabiduría!...».

Qué fue lo que selló su visión y lo condujo así a la perdición, nadie lo sabe y, probablemente, nadie lo sabrá jamás. Su vida, de acuerdo con todos los datos con que contamos, sigue siendo un misterio, como su genio. Lo que podemos advertir claramente es que todo cuanto profetizó con respecto a sí mismo en los tres años de iluminación que le fueron concedidos, se cumplió en los años de vagabundeo, cuando se convirtió a sí mismo en un desierto. ¡Con cuánta frecuencia aparecen en sus escritos las palabras desierto, tedio, rabia, esfuerzo! En la segunda mitad de su vida, estas palabras adquieren un significado concreto, aniquilador. Se convierte en todo cuanto había profetizado, en todo cuanto lo asustaba, en todo cuanto lo sacaba de quicio. La lucha para liberarse de las cadenas forjadas por el hombre mismo, por levantarse sobre la ley de los hombres, los códigos, las convenciones, las supersticiones, no lo llevó a ninguna parte. Se convierte en el esclavo de sus propios antojos y caprichos, en un títere que no encuentra nada mejor que hacer que agregar unos cuantos crímenes insignificantes a su labor en el cuaderno de bitácora de su propia condenación.

El hecho de que ceda al final, cuando su cuerpo no es ya más que «un muñón inmóvil», según sus propias palabras, no puede ser desechado con el menosprecio del escéptico. Rimbaud era el rebelde encarnado. Reclamaba toda degradación, toda humillación conocida, toda forma de laceración, quebrantar su terca voluntad que había sido corrompida en su origen. Fue perverso, intratable, inexorable, hasta el último momento. Hasta que no quedó una pizca de esperanza. Fue una de las almas más desesperadas que hayan hollado la tierra. Verdad que se rindió por agotamiento, pero no antes de haber recorrido todos los caminos equivocados. Al final, cuando no le quedaba ya nada con qué seguir sosteniendo su orgullo, nada que esperar salvo las mandíbulas de la muerte, abandonado por todos menos por la hermana que lo amaba, sólo le quedaba implorar misericordia. Su alma había sido derrotada, sólo le quedaba rendirse. «Je est un autre», había escrito hacía mucho tiempo. Ahora, el problema de «hacer el alma monstruosa, como los comprachicos» arriba a la solución. El otro yo que era el Yo abdica. Ha conocido un largo y arduo reinado, ha resistido todo asedio sólo para derrumbarse finalmente y disolverse en la nada.

«¡Digo que debes ser vidente... hacerte vidente!», había dicho al comienzo de su carrera. Luego, repentinamente, su carrera termina, no encuentra ya sentido ni utilidad a la literatura, ni siquiera a la suya propia. Después, la emigración, el desierto, la carga de culpa, el aburrimiento, la rabia, el trabajo, y humillación, dolor, soledad, frustración, rendición y derrota. De esta maraña de sentimientos contradictorios, del campo de batalla en que había convertido su propio cuerpo mortal, florece en su última hora la flor de la fe. ¡Cómo deben de haberse regocijado los ángeles! Nunca hubo un espíritu más recalcitrante que el de este orgulloso Príncipe Arturo. No pasemos por alto el hecho de que el poeta que alardeaba de haber heredado de sus antepasados, los galos, su idolatría y su amor al sacrilegio, fuera conocido en la escuela por el sobrenombre de «el pequeño fanático inmundo»; un apodo que él aceptaba con orgullo. Siempre «con orgullo». Ya se trate del tunante que había en él, del fanático, del desertor o del tratante de esclavos, el ángel o el demonio, siempre registra el hecho con orgullo. Pero, en la hora final, es el sacerdote que lo confiesa el que habla de su partida con orgullo. Se cuenta que dijo a Isabelle, la hermana de Rimbaud: «Su hermano cree, hija mía... Cree y no he visto nunca una fe como la suya».

Es la fe de una de las almas más desesperadas que hayan pasado por el mundo, ávidas de vida. Es la fe nacida de la última hora, del último minuto, *pero es fe*. ¿Qué importa, pues, cuánto tiempo se resistiera o cuán obstinadamente y tempestuosamente? No era un pobre de espíritu; era poderoso. Luchó hasta con el último adarme de fuerza que le restaba. Y de ahí que su nombre, como el de Lucifer, habrá de seguir siendo glorioso, reclamado por uno y otro bando. Hasta sus enemigos lo reclaman. Sabemos que el monumento erigido en su honor, en su pueblo natal de Charleville, fue decapitado por los alemanes y retirado durante la invasión en la última guerra. ¡Qué memorables, qué proféticas parecen ahora las palabras que arrojó a su amigo Delahaye cuando éste exaltó la innegable superioridad de los conquistadores germanos!: «¡Imbéciles!, detrás de sus chillonas trompetas y sus monótonos tambores, se vuelven a su país a comer sus salchichas, creyendo que todo ha terminado. Pero aguarda un poco y los verás militarizados de pies a cabeza, y por mucho tiempo, bajo jefes hinchados de orgullo que no los soltarán más, van a tragar todas las inmundicias de la gloria... Veo desde aquí el régimen de hierro y locura que acuartelará la sociedad alemana. Y todo sólo para ser aplastados al final por cualquier coalición!».

Sí, puede ser reclamado con el mismo derecho por uno y otro bando. Ésta es su gloria, insisto. Significa que supo abrazar la luz y la oscuridad. Contra lo que despotricó es contra el mundo de la muerte en vida, el falso mundo de la cultura y la civilización. Despojó su espíritu de todos los adornos artificiales que sostienen al hombre moderno. «Il faut être absolument moderne». El *absolument* es muy importante. Un poco más adelante, agrega: «El combate espiritual es tan brutal como la batalla de los hombres; pero la visión de la justicia es el exclusivo placer de Dios». De donde se infiere que estamos asistiendo a un falso modernismo, que en nosotros no se libra ningún combate encarnizado y brutal, ninguna lucha heroica como la que libraron los santos de la antigüedad. Los santos eran fuertes, afirma, y los anacoretas artistas «como ya no quedan». Sólo un hombre que conociera el significado de la tentación podía hablar de este modo. Sólo un hombre que valorara la disciplina, la disciplina que trata de elevar la vida al nivel del arte, podía alabar a los santos de ese modo.

En cierto sentido, podría decirse que toda la vida de Rimbaud fue una búsqueda de la disciplina más apta, ciertamente una disciplina capaz de aportarle la libertad. Al principio, innovando, es obvio, aunque podamos disentir sobre la clase de disciplina que se impuso. En la segunda mitad de su vida, cuando había roto ya con la sociedad, el objeto de su disciplina espartana es más oscuro. ¿Acaso soporta todas esas penurias y privaciones sólo para lograr un triunfo mundano? Lo dudo. Superficialmente, puede parecernos que no había en su intención un objetivo o una meta más grande que la de cualquier ambicioso aventurero. Ésta es la opinión de los cínicos, de los fracasados, a quienes encantaría tener por compañero a una figura de las dimensiones del enigmático Rimbaud. Lo que yo creo es que se estaba preparando su propio calvario. Aunque quizá él mismo no lo comprendiera, su conducta se identifica a menudo con la del santo que lucha por domeñar su propia naturaleza salvaje. Ciegamente tal vez, parece estar preparándose para acceder a la gracia divina que había, ignara y temerariamente, menospreciado en su juventud. Podríamos también decir que se estaba cavando su propia fosa. Pero la tumba nunca le atrajo; tenía un horror espantoso a los gusanos. Para él, la muerte se había puesto ya demasiado de manifiesto en la vida francesa. Recordad sus terribles palabras:

«...la vida dura, el mero embrutecimiento: levantar con el puño disecado la tapa del ataúd, sentarse, ahogarse. Así, ni vejez, ni peligros; el terror no es francés». Fue el temor a esta muerte en vida lo que le llevó a elegir la vida ardua; estaba dispuesto a arrostrar todo terror antes que rendirse en medio de la corriente. ¿Cuál fue entonces el fin, la meta, de una vida tan estrenua? Por un lado, naturalmente, explorar todas las facetas posibles de la vida. El mundo estaba para él «lleno de estupendos lugares que las existencias reunidas de mil hombres no bastarían para recorrer». Exigía un mundo «en el que su inmensa energía pudiera ejercerse sin obstáculos». Quería agotar sus posibilidades para realizarse totalmente. En última instancia, sin embargo, su ambición llegaría, aunque terriblemente golpeada y agotada, a las fronteras de algún nuevo mundo deslumbrante, un mundo que no se parecería en nada al conocido.

Y ¿qué otro mundo podría ser éste sino el resplandeciente mundo del espíritu? ¿No se expresa el alma siempre a sí misma eternamente joven? Desde Abisinia, Rimbaud escribió cierta vez, desesperado, a su madre: «Vivimos y morimos de manera muy distinta a como quisiéramos, y sin esperanza de compensación ninguna. Afortunadamente no hay otra vida y ello es evidente...». No estaba *siempre* tan seguro de que esta vida fuera la única. ¿No se pregunta, acaso, en su temporada en el infierno sobre la posible existencia de otras vidas? Sospecha que las hay. Y esto es parte de su tormento. Nadie, me atrevo a afirmarlo, supo mejor que el joven poeta que, por toda vida fracasada o dilapidada, debía haber otra y otra y otra, infinitamente, sin fin, sin esperanza, hasta que discernimos la luz y elegimos vivir en ella. Sí, el combate del espíritu es tan encarnizado y cruel como la lucha en el campo de batalla. Los santos lo sabían, pero el hombre moderno se ríe de ello. Quien cree estar en el infierno, está realmente en él. Y la vida se ha convertido para el hombre moderno en un infierno perenne por la mera razón de que ha perdido toda esperanza de alcanzar el paraíso. Ni siquiera cree en un paraíso de su propia creación. A través del juego mismo de su pensamiento, se está condenando a sí mismo, al profundo infierno freudiano del cumplimiento del deseo.

En esa famosa «Carta del vidente» que Rimbaud escribió a los diecisiete años, documento que, dicho sea de paso, ha suscitado más resonancias que todos los textos de los maestros, en esa carta que contiene los famosos consejos para los futuros poetas, Rimbaud afirma que seguir la disciplina establecida supone «una inefable tortura, para la cual (el poeta) necesita de toda su fe, de toda su fuerza sobrehumana». Sometido a esta disciplina, agrega, el poeta llega a convertirse en «el gran enfermo, el gran criminal, el gran maldito, y el Sabio Supremo, ¡porque llega a *lo desconocido!*». La garantía de esta inmensa recompensa reside en el mero hecho de que «el poeta ha cultivado su espíritu, más rico ya que todos los demás». Pero, ¿qué sucede cuando el poeta llega a lo desconocido? «Acaba por perder la noción de sus visiones», dice Rimbaud (que es lo que sucedió en su caso). Como si previera ese destino, agrega: Pero «¡las ha visto! ¡Qué reviente en su salto hacia las cosas inauditas e innumerables: vendrán otros trabajadores horribles, que comenzarán por los horizontes donde el otro se ha desplomado!».

Esta llamada, que surtió tanto efecto entre quienes habrían de sucederle, es digna de mención por muchas razones, pero principalmente porque revela el verdadero papel del poeta y la verdadera naturaleza de la tradición. ¿De qué sirve el poeta, a menos que adquiera una nueva visión de la vida, a menos que esté dispuesto a sacrificar su vida para imponer la verdad y el esplendor de su visión? Es costumbre definir a estos seres demoníacos, a estos visionarios, como románticos, para destacar su subjetividad, y clasificarlos como rupturas, interrupciones, subterfugios en la gran corriente de la tradición, como si se tratara de locos girando en torno a su propio eje. Nada más falso. Son precisamente estos innovadores los que forman los eslabones de la gran cadena de la literatura creadora. Hay que comenzar, en realidad, por los horizontes donde ellos se desploman, «conservar lo ganado», como dice Rimbaud, y no sentarse cómodamente en las ruinas a armar juntos un rompecabezas de fragmentos.

Se dice que a los doce años de edad, la piedad de Rimbaud era tan exaltada que anhelaba el martirio. Tres años después, en *Soleil et chair*, exclama: «¡Carne, mármol, flor, Venus, es en ti en quien creo!». Nos habla de Afrodita arrojando sobre el vasto universo «amor infinito en una sonrisa infinita». Y el mundo, dice, responderá, vibrará «como una inmensa lira en el estremecimiento de un inmenso beso». Lo vemos regresar así al paganismo de la inocencia, a esa perdida edad de oro cuando su vida era «un festín donde todos los corazones se abrían, donde corrían todos los vinos». Es el período de la autocomunión, de una indescriptible nostalgia de lo desconocido, «el deslumbramiento de lo infinito». En suma, el período de incubación, breve pero profundo, como la felicidad del *samadhi*.

Tres años más y con sólo dieciocho de edad, lo hallamos ya en las postrimerías de su carrera de poeta, escribiendo su última voluntad, su testamento, por decirlo así. El infierno que tan vívidamente describe, lo ha experimentado ya en su propia alma y ahora está por vivirlo en la carne. ¡Qué palabras desgarradoras las de la parte llamada «Mañana» para un muchacho de dieciocho años! Su juventud se ha evaporado ya y con ella toda la juventud del mundo. Su patria yace postrada, derrotada, su madre sólo ansía liberarse de él, de la extraña, insoportable criatura que es él. Ha conocido ya el hambre, la miseria, la humillación, el rechazo; ha estado en la cárcel, ha asistido a la sangrienta Comuna, tal vez haya participado en ella, ha sabido del vicio y la degradación, ha perdido su primer amor, ha roto con sus amigos artistas, ha analizado todo el arte moderno y lo ha hallado vacío, y está por mandar todo al diablo, incluso a él mismo. Pensando así en su juventud perdida, del mismo modo que habría de recordar luego, en su lecho de muerte, toda su vida desperdiciada, pregunta lastimeramente: «¿No tuve yo *una vez* una juventud amable, heroica, fabulosa, digna de ser escrita en hojas de oro? ¡Demasiada suerte! ¿A qué crimen, a qué error debo mi debilidad actual? Vosotros, que pretendéis que los animales lloren de pena, que los enfermos se desesperen, que los muertos mal sueñen, intentad contar cómo caí y *cómo me dormí*. A mí me cuesta tanto explicarme como al mendigo con sus continuos *Pater* y *Ave María*. ¡Ya no sé hablar!».

Ha terminado la narración de su propio infierno personal... está a punto de decir adiós. Sólo queda por agregar unas pocas palabras de despedida. Una vez más, aparece la imagen del desierto, una de sus imágenes más persistentes. La fuente de su inspiración se ha secado: como Lucifer, ha «consumido» la luz que le fue dada. Sólo queda el reclamo del más allá, la llamada de la profundidad, cuya respuesta halla para él corroboración y consumación *en la vida* de la temida imagen que lo asalta: el desierto. Tasca el freno. «¿Cuándo iremos?», pregunta. «¿Cuándo iremos..., a saludar el nacimiento del nuevo trabajo, de la nueva sabiduría, la huida de los tiranos y de los demonios, el fin de la superstición, a adorar –¡los primeros!– la Navidad en la tierra?» (¡Cómo nos recuerdan estas palabras a un contemporáneo suyo que él nunca conoció: Nietzsche!)

¿Qué revolucionario ha sabido expresar más nítida y conmovedoramente el camino del deber? ¿Qué santo ha dado un sentido más divino a la Navidad? Son las palabras de un rebelde, sí, pero no las de un rebelde impío. Un pagano, sí, pero un pagano como Virgilio. Es la voz del profeta y el maestro, del discípulo y el iniciado, al mismo tiempo. Aún el sacerdote idólatra, supersticioso e ignorante debe aprobar *esta* Navidad. «Esclavos, no maldigamos la vida!», grita. «Basta de lá-

---

* El subrayado es mío.

grimas y lamentaciones, de la mortificación de la carne. Basta de sumisión y docilidad, de la credulidad infantil y las plegarias infantiles. Desechemos los falsos dioses y los oropeles de la ciencia. Abajo los dictadores, los demagogos, los "sansculotte". No maldigamos la vida, ¡adorémosla! Todo el interludio cristiano no ha sido sino una negación de la vida, una negación de Dios, una negación del espíritu. Ni siquiera hemos soñado aún la libertad. ¡Liberad el espíritu, el corazón, la carne! Liberad el alma para que ella pueda reinar en seguridad. Éste es el invierno de la vida y yo temo el invierno porque es la estación de la comodidad. Que nos concedan la Navidad en la tierra, no el cristianismo. Nunca he sido cristiano. No he pertenecido jamás a *vuestra* raza. ¡Sí, mis ojos están cerrados a vuestra luz, soy una bestia, un negro, pero *puedo ser salvado!* ¡Vosotros sois falsos negros, vosotros avaros, maniáticos, demonios! Yo soy el verdadero negro y éste es un libro negro. Digo: que venga la Navidad en la tierra... ahora, *ahora*, ¿oís? ¡Nada de esperanzas falsas!».

Así deliraba. «Pensamientos fuera de lugar» indiscutiblemente.

«Ah, bien...», parece suspirar, «a veces veo en el cielo playas sin fin cubiertas de blancas naciones jubilosas». Por un momento, nada se yergue entre él y la certidumbre del sueño. Ve el futuro como la consumación inevitable del deseo más profundo del hombre. Nada puede detenerlo en su marcha hacia la meta, ni siquiera los falsos negros que están infestando el mundo en nombre del orden y la ley. Lleva su sueño hasta sus últimas consecuencias. Todos los recuerdos horribles, innominables, se borran. Y con ellos, todos los remordimientos. Tendrá su revancha sobre los rezagados, los «amigos de la muerte». «Aunque me perdiera en un desierto, aunque hiciera de mi vida un desierto, aunque no fuera ya oído por nadie, sabed que me será igualmente dado poseer la verdad en alma y cuerpo. Habéis hecho todo lo posible por enmascarar la verdad; habéis tratado de destruir mi alma; y acabaréis por quebrar mi cuerpo bajo la rueda... Pero yo sabré al fin la verdad, la poseeré por mí mismo, en este cuerpo y en esta alma...»

Son éstos los gritos salvajes de un visionario, de un «amigo de Dios», aunque se niegue a aceptar el nombre.

«Dado que toda palabra es idea», decía Rimbaud, «¡tiene que llegar el tiempo de un lenguaje universal!... Esa lengua *nueva* o *universal* hablará de alma a alma y lo resumirá todo, perfumes, sonidos, colores, uniendo todo pensamiento». La clave de este idioma, está de más decirlo, es el símbolo, que sólo el creador posee. Es el alfabeto del alma, prístino e indestructible. Gracias a él, el poeta, señor de la imaginación y gobernante anónimo del mundo, se comunica, comulga con sus camaradas. Con el fin de establecer este puente, el joven Rimbaud se entregó a sus experiencias. ¡Y con qué éxito, pese a su repentina y misteriosa renuncia! Desde más allá de la tumba sigue aún comunicándose, y cada vez más poderosamente con el correr de los años. Cuanto más enigmático nos parece, más lúcida se hace su doctrina. ¿Paradójico? De ningún modo. Todo cuanto hay de profético sólo puede revelarse con el tiempo y la contingencia. En este medio vemos hacia atrás y hacia adelante con idéntica claridad; la comunicación se convierte en el arte de instaurar en cualquier momento en el tiempo una relación armónica entre pasado y futuro. Todos y cada uno de los materiales son de la misma utilidad, siempre y cuando puedan ser convertidos en la moneda eterna: la lengua del alma. En este reino no existen ni analfabetos ni gramáticos. Sólo es necesario abrir el corazón, desechar todo prejuicio *literario*... en otras palabras, revelarse. Lo que equivale, por supuesto, a una conversión. Se trata de una medida radical que presupone un estado de desesperación. Pero si todos los demás métodos fallan, como inevitablemente suele suceder, ¿por qué no recurrir a esa medida extrema, la conversión? Sólo en las puertas mismas del infierno asoma la salvación. Los hombres han fracasado, en todos los sentidos. Una y otra vez han tenido que volver sobre sus pasos, retomar la pesada carga y comenzar por enésima vez la empinada y ardua ascensión hacia la cumbre. ¿Por qué no aceptar el reto del espíritu y someterse? ¿Por qué no rendirse y hallar así acceso a una nueva vida? El Antiguo está siempre esperando. Unos lo llaman el Iniciador, otros el Gran Sacrificio...

Lo que los imitadores y detractores de Rimbaud no ven es que Rimbaud abogaba por un nuevo estilo de vida. No estaba tratando de instaurar una nueva escuela de arte, con el mero objeto de apartar a los debilitados tejedores de palabras; estaba indicando la unión entre arte y vida, soldando el cisma, restañando la herida mortal. La caridad divina, ella y no otra es la clave del conocimiento, nos dice. Ya en el comienzo de *Una temporada en el infierno* había escrito: «Pues bien, muy recientemente, a punto de dar el último petardazo, se me ocurrió buscar la llave del antiguo festín, donde tal vez podría recuperar el apetito. La caridad es esa llave». Y agrega: «¡Esta sugerencia demuestra que he soñado!». En el infierno, naturalmente, en *ese profundo sueño insondable para él.* Él, que había creado «todas las fiestas, todos los triunfos, todos los dramas», se veía obligado, durante su eclipse, a enterrar su imaginación. Él, que se había autodenominado mago y ángel, que se había liberado de todas las ataduras, todos los reclamos, se ve traído nuevamente a la tierra, forzado a aceptar, a abrazar una cruda realidad. *Un campesino,* eso es lo que harían de él. De regreso en su patria, debe ser puesto fuera de circulación... ¿Qué mentiras, entonces, han alimentado sus hinchados sueños? («Al final, pediré perdón por haberme alimentado de mentiras.») Pero ¿a quién pedirá perdón? No a sus verdugos, desde luego. No a la época que había repudiado. No a esa vieja arpía de su madre, que lo unciría al yugo. ¿A *quién,* pues? Digámoslo de una vez, a sus iguales, a quienes lo sucederían y ocuparían su puesto en el justiciero combate. Lo que hace es excusarse, no ante nosotros, ni siquiera ante Dios, sino ante los hombres del mañana, los hombres que habrán de recibirlo con los brazos abiertos cuando todos entremos en las espléndidas ciudades. Esos son los hombres «de una raza remota» a quienes rinde homenaje y a quienes considera sus verdaderos antepasados. Está alejado de ellos sólo por el tiempo, no por la sangre o por el carácter. Son los hombres que saben cantar en el suplicio, hombres de espíritu, a los cuales está vinculado no por sus antecedentes, puesto que le es imposible hallar uno solo en toda la historia de Francia, sino por el espíritu. Viene del vacío y a través del vacío se comunica con ellos. *Nosotros* sólo sabemos de las reverberaciones. Nos maravillamos ante los sonidos de esta lengua extraña. Nada sabemos de la alegría y la certidumbre que sustentaron esta confabulación inhumana.

¡A qué espíritus tan diversos ha afectado, alterado, esclavizado! Cuántos espaldarazos ha recibido y de hombres tan distintos en temperamento, en forma y en esencia, como Valéry, Claudel y André Bretón. ¿Qué tiene Rimbaud en común con ellos? Ni siquiera su genio, ya que a los diecinueve años lo redime con propósitos misteriosos. Todo acto de renunciación tiene una sola meta: alcanzar otro plano. (En el caso de Rimbaud, se trata de una caída a otro plano.) Sólo cuando el cantor deja de cantar está en condiciones de vivir lo que ha cantado. ¿Y si su canto es un reto? Entonces, surge la violencia y la catástrofe. Pero las catástrofes, como dijera Amiel, producen una violenta restauración del equilibrio. Y Rimbaud, nacido bajo el signo de Libra, escoge los extremos con la pasión de un equilibrista.

Siempre hay alguna varita invisible, alguna estrella mágica, que titila y, luego, la vieja sabiduría, la vieja magia, se derrumban. Muerte y transfiguración, tal es la eterna canción. Unos buscan la muerte que han elegido –ya se trate de la forma, del cuerpo, de la sabiduría o del alma– directamente; otros van hacia ella por caminos tortuosos. Unos acentúan el drama desapareciendo de la faz de la tierra, sin dejar una huella, un indicio; otros hacen de su vida un espectáculo aún más aleccionador y estimulante que esa confesión que es su obra. Rimbaud arrastró tristemente su muerte. Diseminó su ruina en torno suyo, de manera que nadie pudiera dejar de comprender la suma futilidad de su tránsito. *¡En cualquier parte, fuera del mundo!* Éste es el grito de aquellos para quienes la vida no tiene ningún sentido. Rimbaud descubrió el verdadero mundo de su infancia, trató de proclamarlo en su juventud y lo traicionó en su madurez. Vedado el acceso al mundo del amor, todos sus esfuerzos fueron vanos. Su infierno no fue bastante profundo; ardió en el vestíbulo. Esta temporada fue, como sabemos, un lapso demasiado fugaz, pues el resto de su vida se convierte en purgatorio. ¿Le faltó coraje para nadar en lo profundo? Lo ignoramos. Sólo sabemos que rindió su tesoro, como si la carga fuera *él*. Pero ningún hombre puede escapar a la culpa de la cual fue víctima Rimbaud, ni siquiera quienes nacieron en la luz. Su fracaso nos parece formidable, aunque en realidad lo condujo a la victoria. Pero no es él, Rimbaud, quien triunfa, sino el inextinguible espíritu que en él ardía. Como dijera Victor Hugo: «Ángel es la única palabra del idioma que no puede gastarse».

«La creación comienza con una penosa separación de Dios y la creación de una voluntad independiente con el objeto de que tal escisión pueda ser superada por un grado de unidad más alto que aquel mediante el cual comenzó el proceso»[*].

A los diecinueve años de edad, en pleno cenit de su vida, Rimbaud renunció al espectro. «Su Musa murió a su lado, entre sus sueños destrozados», dice uno de sus biógrafos. Sin embargo, fue un prodigio que en tres años dio la impresión de haber agotado ciclos enteros de arte. «Es como si contuviera carreras completas dentro de él», dijo Jacques Riviére. A lo que Mathew Josephson agrega: «La verdad es que la literatura a partir de Rimbaud ha estado siempre luchando por cazarlo en su trampa». ¿Por qué? Porque, como dice Josephson, «hizo

[*] *The Mystic Will*, de H. H. Brinton.

demasiado peligrosa a la poesía». El mismo Rimbaud confiesa en la *Temporada* que «se convirtió en una ópera fabulosa». Y, ópera o no, lo cierto es que sigue siendo fabuloso, ni más ni menos. Y lo sorprendente es que una y otra faz de su vida son igualmente fabulosas. Soñador y hombre de acción, Rimbaud es ambas cosas simultáneamente. Una combinación de Napoleón y Shakespeare. Pero oigamos sus propias palabras: «...Vi que todos los seres se sienten igualmente atraídos hacia la felicidad: la acción no es la vida, sino una manera de disipar las propias fuerzas, y debilidad». Y luego, como si quisiera demostrarlo, se lanza al remolino. Atraviesa una y otra vez Europa a pie, se embarca hacia lejanos puertos en un barco tras otro, regresa una y otra vez enfermo o sin un céntimo, desempeña mil y un oficios, aprende una docena de idiomas y, en vez de comerciar con palabras, comercia con café, con especias, marfiles, oro, pieles, rifles, esclavos. Aventura, exploración, estudio, asociación con toda clase de individuos, de razas, de nacionalidades y siempre trabajo, trabajo, el trabajo que tanto odiaba. Pero, sobre todas las cosas, *ennui!* Eternamente hastiado, incurablemente aburrido. Y ¡qué actividad, sin embargo! ¡Qué riqueza de experiencias y qué *vacío!* Sus cartas a su madre no son sino un largo lamento cuajado de reproches y recriminaciones, de quejas, súplicas y amenazas. ¡Miserable, execrado! Hasta convertirse finalmente en «el gran enfermo».

¿Cuál es el significado de esta huida, de este lamento sin fin, de esta autotortura? ¡Cuánta verdad en eso de que la actividad no es la vida! ¿Dónde está entonces la vida? ¿Cuál es, pues, la verdadera realidad? Ciertamente que no puede ser esta dura realidad de vagabundeos y fajina, esta sórdida lucha por la posesión.

En sus *Iluminaciones,* escritas en el melancólico Londres, había ya anunciado: «Je suis réellement d'outre tombe, et pas de commissions!». Entonces quien lo afirmaba era el poeta. Ahora lo sabe en carne propia. El músico que había hallado algo así como la clave del amor, como decía él, la ha perdido.

Y con ella el instrumento. Después de haber cerrado tras de sí todas las puertas, hasta las de la amistad, después de haber quemado tras de sí todos los puentes, jamás volverá a hollar con sus pies el reino del amor. Sólo quedan para él las grandes soledades a la sombra del árbol enterrado del Bien y del Mal donde, en *su Matinée d'ivresse,* brota esa nostálgica expresión: «afin que nous amenions notre très pur amour». Buscaba la salvación a través de la libertad, sin darse cuenta de que sólo es posible hallar acceso a ella a través de la rendición, de la aquiescencia. «Tout homme», había dicho su maestro Baudelaire, «que n'accepte pas les conditions de sa vie vend son âme». En el caso de Rimbaud, creación y experiencia fueron virtualmente simultáneas; sólo cabía un mínimo de experiencia para la música. En su condición de genio precoz está más cerca del matemático y del músico que del hombre de letras. Nació con una memoria hipersensible. No gana su creación con el sudor de su frente; está allí, a mano, esperando sólo para brotar el primer contacto con la dura realidad. Lo que debe cultivar es, pues, el dolor, no la virtuosidad del maestro. Y no tiene que esperar demasiado para ello, bien lo sabemos.

Nació semilla y sigue siendo semilla. Tal es el significado de la noche que lo envuelve. Había luz en él, una maravillosa luz, pero que no habría de esparcir sus rayos hasta que él no hubiera muerto. Él venía desde más allá de la tumba, de una raza remota, portador de un nuevo espíritu y de una nueva conciencia. ¿No dijo acaso: «es erróneo decir *je pense;* habría que decir *on me pense*»? ¿Y no ha dicho también: «El genio es amor y es el futuro»? Todo cuanto nos dice respecto del yo del genio es iluminador, revelador. Y la frase más significativa que haya dicho al respecto me parece ésta: «Su cuerpo es la liberación con la que hemos soñado; el estallido de una gracia frustrado por una violencia nueva».

No me acuséis de leer demasiado profundamente. Rimbaud quiso decir exactamente todo cuanto escribió «literalmente y en todos los sentidos», como explicó más de una vez a su madre y a su hermana. Es cierto que se refería entonces a su *Temporada en el infierno,* pero la verdad estaba siempre en él como lo estaba en Blake y en Jacob Boehme, cuyo verbo fue siempre verdad literal e inspirada. Vivían en la imaginación, sus sueños eran realidades que *nosotros* aún no hemos llegado a experimentar. «Si me leo a mí –ha dicho Boehme– leo el libro de Dios, y vosotros, hermanos míos, sois el alfabeto que leo en mí, porque mi voluntad y mi mente os hallarán dentro de mí. Y deseo de todo corazón que vosotros también podáis hallarme.» Esta confesión expresa la muda plegaria que Rimbaud está elevando constantemente desde la selva que ha creado para sí. El «benevolente» orgullo del genio yace en la voluntad que debe ser quebrada. El secreto de la liberación está en la práctica de la caridad. La caridad *es* la clave y Rimbaud *estaba* soñando cuando tuvo conciencia de ella, pero el sueño era realidad y tal realidad sólo vuelve a ofrecerse a él cuando yace en su lecho de muerte, cuando la caridad se convierte en la dulce hermana que habría de escoltarlo al más allá, vencido pero redimido.

En la «Noche en el infierno», cuando advierte que no es sino el esclavo de su bautismo, grita: «Padres, sois los causantes de mi desgracia y de la vuestra». En la oscura noche del alma, en la que se autoproclama maestro en fantasmagorías y se vanagloria de estar a punto de desentrañar todos los misterios, renuncia a cuanto podría vincularlo a su época o a su tierra natal. «Estoy listo para la perfección», afirma. Y lo estaba realmente, en cierto sentido. Había preparado su propia iniciación, había sobrevivido a la terrible prueba, para desplomarse luego en la noche en que había nacido. Había entrevisto un escalón más allá del arte, había posado apenas el pie sobre el umbral para huir luego aterrorizado o temeroso de la locura. Su iniciación para una nueva vida fue o insuficiente o de un orden erróneo. La mayoría de sus comentaristas coinciden en esta última posibilidad, pero es probable que ambas sean igualmente ciertas. Se ha subrayado tanto su frase «largo, inmenso, lógico desarreglo de todos los sentidos»; tanto se ha dicho sobre sus primeros libertinajes, sobre su vida «bohemia», que a menudo se olvida hasta qué punto puede resultar todo ello perfectamente normal para un muchacho precoz, lleno de ideas, que ha huido de una atmósfera hogareña intolerable en un pueblo de provincias. Teniendo en cuenta qué extraña criatura era, lo anormal hubiera sido que no sucumbiera a los poderosos atractivos de una ciudad como París. Si fue excesivo en sus debilidades, fue sólo, probablemente, porque la vacuna prendió en él con virulencia. Y el tiempo que pasó en Londres y París no fue tan largo; no lo suficiente por lo menos como para echar a perder a un muchacho saludable, de origen campesino. Para quien se había alzado en rebelión contra todo, fue en realidad una saludable experiencia. El camino hacia el cielo pasa a través del infierno ¿no? Para alcanzar la salvación es necesario vacunarse con el pecado. Hay que experimentar todos los pecados, tanto los veniales como los capitales, ganarse la muerte, con todos los apetitos, no rehusar ningún veneno, no rechazar ninguna experiencia, por degradante o sórdida que sea. Hay que llegar al límite de las propias fuerzas, comprender que se *es* en realidad un esclavo –sea en el reino que fuere– a fin de desear la emancipación. La voluntad pervertida y negativa que nuestros padres han cultivado en nosotros debe ser subyugada antes de hacerse positiva y de integrarse al corazón y el espíritu. El Padre (bajo todas sus formas) debe ser destronado para que el Hijo pueda reinar. El Padre es saturniano en todas las fases de su ser. Es el magistrado severo, la letra muerta de la ley, el letrero que advierte: Prohibido. Liquidamos las huellas, nos enloquecemos, llenos de un falso poder y de un orgullo idiota, para desplomarnos luego y el yo que no es el yo se rinde. *Pero Rimbaud no se desplomó.* No destronó al padre, se identificó con él. Lo hizo no sólo por el aire de autoridad casi divina que se impuso sino también por sus excesos, sus vagabundeos, su irresponsabilidad. Se convirtió en su opuesto, en el enemigo a quien odiaba. En una palabra, abdicó, se transformó en un dios vagabundo en busca de su verdadero reino. «¿No es castrarse una forma segura de condenarse?» (Éste es uno de los innumerables interrogantes que se plantea mientras agoniza.) Y es lo que hace precisamente. Castrarse renunciando al papel para el cual había sido elegido. ¿Es posible que en Rimbaud estuviera atrofiado el sentimiento de culpa?

¡Qué batalla libra por el poder, por los bienes materiales, por la seguridad, durante el período «activo» de su vida! ¿Ignoraba acaso de qué tesoro era dueño, de qué inexpugnable seguridad gozaba cuando no era más que un poeta? (Quisiera poder decir que se reveló también como el poeta de la acción, pero los acontecimientos que se fueron escalonando a través de la segunda fase de su vida no asumen jamás el punto de evolución del cual puede beneficiarse el hombre de acción.) No, existe una ceguera que es insondable y tal fue la ceguera de Rimbaud. Fue víctima de una maldición. No perdió solamente su sentido de la orientación, sino también el del tacto. Todo le sale mal. Cambia tan radicalmente de identidad que de haberse encontrado a sí mismo en el camino, no se huiera reconocido. Éste fue quizá un postrer esfuerzo desesperado para escapar a la locura: volverse tan absolutamente cuerdo que ya no se sabe que se está loco. Rimbaud no perdió nunca su contacto con la realidad; por el contrario, se aferró a ella como un demonio. Lo que hizo fue abandonar la verdadera realidad de su ser. No tiene pues nada de asombroso que se aburriera hasta morir. Le era imposible vivir consigo mismo desde que él mismo se había confiscado. Esto nos recuerda aquellas palabras de Lautréamont: «¡Yo... existo siempre, como el basalto! En la mitad como en el comienzo de la vida, los ángeles se parecen a sí mismos ¡cuánto tiempo hace que he yo dejado de parecerme a mí mismo!».

Uno tiene la impresión de que en Abisinia trató de amputarse hasta el órgano mismo de la memoria. Pero, cerca ya del final, cuando se convirtió en el «gran enfermo», cuando, con el acompañamiento de un organillo, retomó el hilo de sus sueños fallidos, los recuerdos del pasado acudieron en tropel. Lástima que no nos haya quedado ningún testimonio escrito del extraño idioma que balbuceaba en su lecho de hospital, con la pierna amputada, un enorme tumor royéndole el muslo y los gérmenes insidiosos del cáncer difundiéndose a través de su cuerpo como rapaces merodeadores. Sueños y alucinaciones se debaten al unísono en una interminable fuga, sin otro testigo que la hermana devota que ruega por su alma. Ahora los sueños que ha soñado y los sueños que ha vivido se confunden y el espíritu, libre al fin de sus cadenas, reanuda su canto.

Su hermana ha intentado darnos una idea de esas melodías perdidas. Habla, si mal no recuerdo, de su cualidad celestial. No se parecen, nos dice, ni a poemas, ni a iluminaciones, Eran todo eso y algo más, ese algo quizás que Beethoven nos legó en sus últimos cuartetos. No había perdido la mano de maestro; en los umbrales de la muerte, era probablemente aún más genial que en su juventud. Ahora se trata de fugas, no de frases discordantes que chocan entre sí, por iluminadas que sean, sino de esencias y quintaesencias acumuladas en su lucha contra ese demonio más feroz que ninguno: la vida. Experiencia e imaginación se entremezclan ahora para formar un canto que es un don y no una maldición. No es ya *su* música, *su* maestría. El yo ha sido arrancado, y canto e instrumento se han fundido en uno. Es su ofrenda al altar del orgullo destronado, es la apocastasis. La creación no es ya arrogancia, desafío o vanidad, sino juego. Puede ahora jugar sobre su lecho de agonizante, como puede orar, porque sus días de tormento han tocado a su fin. La quilla de su navío ha estallado por fin y se va a pique. Tal vez en esos momentos postreros comprendió el verdadero móvil del trabajo humano, que es esclavitud cuando su finalidad es ciega o egoísta, y alegría cuando es realizado por el bien de la humanidad.

Ningún júbilo es comparable al del creador, porque la creación no tiene otro fin que ella misma. «Afinemos nuestros dedos, es decir *todos* nuestros puntos de contacto con el mundo exterior», dijo alguna vez con insistencia. Y es en ese mismo sentido que Dios afina sus dedos cuando eleva al hombre al nivel de la Creación. El estremecimiento de la creación participa de toda creación. Todas las formas y los géneros del ser, desde los ángeles a los gusanos, luchan por comulgar con los de arriba y los de abajo. Ningún esfuerzo se pierde, ninguna música deja de oírse. Pero, en todo abuso de poder, no es sólo Dios el que sufre, sino la Creación misma que se detiene y la Navidad en la tierra que se posterga.

> Ah, je n'aurai plus d'envie
> Il s'est chargé de ma vie.
>
> Salut à lui chaque fois
> Que chante le coq gaulois.

Traspongo deliberadamente estos versos con la misma intención que traduje cierta vez por error *il* por *Dios*. No puedo evitar creer que esta fatal atracción hacia la felicidad de la que hablaba Rimbaud significa la alegría de encontrar a Dios. *Alors...* «Salut à lui chaque fois que...».

¿Por qué, me pregunto, adoro a Rimbaud por encima de todos los otros escritores? No soy ningún cultor de la adolescencia ni pretendo que esté a la altura de otros escritores que podría enumerar. Pero hay algo en él que me conmueve como jamás me ha conmovido la obra de ningún otro. ¡Y he ido hacia él a través de las nieblas de un idioma que nunca he podido dominar! La verdad es que sólo cuando traté ingenuamente de traducirlo empecé a apreciar plenamente la fuerza y la belleza de su estilo. Me veo en él como en un espejo. Nada de cuanto dice me es ajeno, por salvaje, absurdo o arduo que parezca. Para comprender es necesario entregarse y recuerdo claramente haber accedido a esa rendición desde el primer día que eché un vistazo a su obra. Ese día, hace poco más de diez años, sólo leí unas pocas líneas y, temblando como una hoja, dejé el libro. Tenía la sensación en aquel entonces, y la sigo teniendo, de que había dicho *todo* cuanto se puede decir en nuestra época. Era como si hubiera puesto un techo al vacío. Es el único escritor a quien he leído y releído con el mismo júbilo y la misma excitación, descubriendo en cada lectura algo nuevo, conmovido profundamente cada vez por su pureza. Todo cuanto diga de él será siempre un balbuceo, apenas una aproximación, a lo sumo un *aperçu*. Es el único escritor cuyo genio envidio, los demás, por grandes que sean, no me producen envidia. ¡Y pensar que estaba acabado a los diecinueve años! De haber leído a Rimbaud en mi juventud, dudo de que hubiera escrito una línea. ¡Qué afortunada es a veces nuestra ignorancia!

Hasta el día en que di con Rimbaud, Dostoyevski había reinado en mí como soberano. En cierto sentido siempre será así, del mismo modo que Buda siempre me será más caro que Cristo. Dostoyevski llegó hasta el fondo, permaneció allí un tiempo inconmensurable y emergió un hombre total. Y ya que debo vivir por una sola vez en esta tierra, prefiero conocerla simultáneamente como Infierno, Purgatorio y Paraíso. Rimbaud entrevió el Paraíso, pero un Paraíso prematuro. Sin embargo, merced a esa experiencia, pudo darnos una visión más vívida del Infierno. Su vida de hombre, aunque nunca alcanzó la plena madurez, fue un Purgatorio. Pero tal es el destino de la mayoría de los artistas. Lo que me interesa profundamente en Rimbaud es su visión del Paraíso recobrado, el Paraíso *ganado*. Todo ello, naturalmente, amén de la magia y el esplendor de su lenguaje, que juzgo incomparables. Lo que me desorienta es su vida, que está en tan absoluto desacuerdo con su visión. Cada vez que releo su biografía me parece que yo también he fracasado, que todos fracasamos. Pero entonces vuelvo a su lenguaje, a sus palabras: ellas nunca fracasan.

¿Por qué lo adoro entonces por encima de todos los demás escritores? ¿Acaso porque su fracaso es instructivo? ¿Por qué resistió hasta el final? La verdad, lo admito, es que amo a todos cuantos son considerados rebeldes y fracasados. Los amo porque son tan humanos, «tan absolutamente humanos». Dios, lo sabemos, también los ama más que a ninguna de sus otras criaturas. ¿Por qué? ¿Porque son los campos de ensayo del espíritu? ¿Porque son los sacrificados? ¡Cómo se regocija el Cielo cuando retorna el hijo pródigo! ¿Es ésa una invención del hombre o de Dios? Me parece que aquí Dios y el hombre están de acuerdo. El hombre trata de alcanzar lo alto, Dios lo bajo, y a veces sus dedos se tocan.

Cuando dudo sobre a quién amo más, si a quienes se resisten o a quienes se rinden, sé que son lo mismo. Lo cierto es que Dios no quiere que vayamos a él en la inocencia. Hemos de conocer el pecado y el mal, hemos de desviarnos del sendero, perdernos, alzarnos desafiantes y desesperados; hemos de resistir tanto como lo permitan nuestras fuerzas, para que la rendición sea absoluta y abyecta. Nuestro privilegio de espíritus libres radica en elegir a Dios con los ojos abiertos y el corazón rebosante, movidos por un deseo más fuerte que todos los demás. ¡El inocente! Dios no lo necesita. Él es el que «juega al Paraíso durante toda la eternidad». Hacerse cada vez más consciente, cada vez más grávido de conocimiento, cada vez más cargado de culpa, ése es el privilegio del hombre. Ninguno está exento de culpa; sea cual fuere el nivel a que haya llegado será acosado por otras responsabilidades, otros pecados. Destruyendo la inocencia del hombre, Dios hizo de él un aliado potencial. A través de la voluntad y la razón, le dio el poder de la elección. Y el hombre en su sabiduría elige siempre a Dios.

He aludido anteriormente a la iniciación de Rimbaud para una nueva vida. Me refería naturalmente a la vida del espíritu. Quisiera insistir un poco sobre este punto, agregar que tal iniciación no sólo fue errónea e insuficiente, sino que Rimbaud fue por añadidura víctima de un grave malentendido respecto a la índole de su papel. De haber conocido un clima espiritual distinto, su vida podría haber seguido un curso diferente. De haber hallado alguna vez un maestro, no hubiera hecho de sí mismo un mártir. Estaba en realidad preparado para un género de aventura radicalmente distinto del que le tocó en suerte. Y tampoco estaba preparado en otro sentido, puesto que, como dice el adagio, cuando el discípulo está listo el Maestro siempre está allí. Por desgracia, no quería reconocer «ni Maître ni Dieu». Estaba angustiosamente necesitado de ayuda, pero su orgullo era feroz. Antes que doblegarse, antes que humillarse, prefería arrojarse a los perros. El hecho de que sólo pudiera mantenerse intacto renunciando a su vocación es un tributo a su pureza, pero al mismo tiempo una condenación de su época. Pienso en Boehme, un remendón que, por decirlo así, ni siquiera tenía un lenguaje, pero que se inventó uno para sí y con él, por desconcertante que pueda parecer al no iniciado, transmitió su mensaje al mundo. Puede, por supuesto, aducirse que, silenciando bruscamente su voz, también Rimbaud logró comunicarse, pero no era esa su intención. Despreció al mundo que anhelaba aclamarlo, negó todo valor a su obra. Por esto tiene un solo significado: ¡que quería ser tomado al pie de la letra! Si queremos calar aún más hondo en este acto de renunciación, podemos compararlo al de Cristo y decir que eligió su martirio para darle una significación perdurable. Ahora bien, Rimbaud eligió inconscientemente. Y fueron precisamente aquellos que necesitaban de él, aquellos a quienes despreció, los que dieron sentido a su obra y a su vida. Rimbaud se limitó a aceptar su derrota. No estaba preparado para aceptar la responsabilidad de su verbo, sabiendo como sabía que no podía ser aceptado literalmente.

No es extraño que el siglo XIX esté lleno de figuras demoniacas. Basta pensar en Blake, en Nerval, en Kierkegaard, Lautréamont, Strindberg, Nietzsche, Dostoyevski, todas figuras trágicas, y trágicas en un nuevo sentido. Todos ellos atraídos por el problema del alma, por la expansión de la conciencia y la creación de nuevos valores morales. En el eje de esta rueda que arroja luz sobre el vacío, Blake y Nietzsche reinan como dos deslumbrantes estrellas gemelas; su mensaje sigue siendo tan nuevo que vemos en ellos las huellas de la insania*. Nietzsche reestructura todos los valores vigentes; Blake inventa una nueva cosmogonía. Rimbaud está en muchos sentidos próximo a ellos. Es como una estrella fugaz que aparece súbitamente, brilla en todo su esplendor y luego se precipita hacia la Tierra («Et je vécus, ètincelle d'or de la lumière *nature*»). En la penumbra del útero, que buscó con el mismo empeño con que persiguió la luz celeste, se transformó en rádium. La suya es una sustancia de peligroso manejo; su luz, cuando no exalta o ilumina, destruye. En cuanto estrella, transitó demasiado cerca de la órbita terrestre. No satisfecho con derramar su fulgor *sobre* la Tierra, fue fatalmente atraído por la reflexión de su propia imagen en el espejo muerto de la vida. Ansiaba convertir su luz en radiante poder y ello sólo podía lograrlo merced a una caída. Tal error, que los orientales juzgan ignorancia más que pecado, nos da la pauta de la confusión entre los dominios del arte y de la vida que hizo presa en los hombres del siglo XIX. Todos los grandes espíritus de la edad moderna han luchado por desmagnetizarse, por decirlo así, y todos fueron aniquilados por los rayos de Júpiter. Fueron como inventores que descubrieran la electricidad ignorando la forma de aislarla. Habían sintonizado con un nuevo poder que estaba abriéndose paso, pero sus experimentos condujeron al desastre.

Todos ellos, y Rimbaud mismo, fueron inventores, legisladores, guerreros, profetas. Fueron poetas *por casualidad*. Su exceso de genio, y el hecho de que la época no estaba madura para su advenimiento, se aunaron para crear una atmósfera

---

* «¡Seamos felices! Yo soy Dios y he hecho esta caricatura» (Nietzsche en el manicomio).

de derrota y frustración. Eran, en el más profundo de los sentidos, usurpadores, y el destino que les fue asignado nos recuerda los sufrimientos de los protagonistas de las tragedias griegas. Fueron perseguidos y abatidos por las Furias que son, en el lenguaje moderno, la locura. Ése es el precio que el hombre debe pagar cuando trata de elevar el nivel mágico de sus dioses, cuando trata de vivir en consonancia con el nuevo código antes de que los nuevos dioses estén firmemente arraigados. Y tales dioses son, naturalmente y en todos los casos, la proyección de los poderes interiores del hombre. Representan el elemento mágico en la creación; ciegan e intoxican porque desgarran las tinieblas de donde vienen. Baudelaire lo expresó desde las profundidades de su propia amarga experiencia cuando dijo: «En effet il est défendu à l'homme, sous peine de déchéance et de mort intellectuelle, de déranger les conditions primordiales de son existence et de rompre l'équilibre de ses facultés avec les milieux où elles sont destinées à se mouvoir, de dèranger son destin pour y substituer une fatalité d'un genre nouveau...»*.

En resumen, el soñador debe contentarse con soñar, confiado en que «la imaginación crea sustancia». Ésa es la función del poeta, la más alta porque lo conduce a lo desconocido, a las fronteras mismas de la creación. Los maestros están más allá del hechizo de la creación: actúan en la pura luz cándida del ser. Han completado su transformación, se han incorporado al corazón de la creación, plenamente realizados como hombres y resplandecientes del fulgor de la divina esencia. Se han transfigurado hasta tal punto que sólo les queda por irradiar su divinidad.

---

* «En efecto, al hombre le está prohibido, so pena de deshabilitación o de muerte intelectual, alterar las condiciones primordiales de su existencia, romper el equilibrio de sus facultades con el medio en que éstas están destinadas a moverse, y alterar su destino para sustituirlo por una fatalidad de un género nuevo...»

Los elegidos, puesto que son adeptos, se sienten cómodos en cualquier parte. Conocen el significado del infierno, pero no pueden localizarlo, ni siquiera como existencia terrena. Son *devachanis*[1], disfrutan de los intervalos entre una y otra existencia. Pero los espíritus libres, que son los atormentados –nacidos fuera de época y de ritmo– sólo pueden interpretar esos estados intermedios como el infierno mismo. Rimbaud era uno de ellos. El tedio tremendo que lo atormentaba era la reflexión del vacío en el cual existía; que lo creara o no él mismo, carece de importancia. En este sentido, parece evidente que podía no utilizar sus facultades. Lo que, sin lugar a dudas, es una verdad parcial, pero es precisamente este aspecto de la verdad el que interesa al hombre. Es la verdad histórica, por decirlo así. Y la historia tiende cada vez más a identificarse con el destino del hombre.

De vez en cuando, desde el río profundo y oculto de la vida, proyéctanse hacia la superficie grandes espíritus bajo forma humana; como semáforos en la noche, nos advierten del peligro que nos aguarda más adelante. Pero su llamada es vana para esas «locomotoras abandonadas pero todavía en ignición» (los falsos espíritus de la época) «que siguen adhiriéndose por un tiempo a los rieles». La cultura de estas almas, dijo Rimbaud, cuya imagen utilizo, *comenzó con accidentes*. Y es esta atmósfera de accidente y catástrofe la que permea el nivel histórico de interpretación. Las figuras demoniacas, poseídas en la medida en que son presa de una pasión superior a ellas, son los centinelas que surgen de la nada en las horas más sombrías de la noche y su voz es siempre desoída.

Los pantanos de la cultura occidental que aguardan a los descarrilados *trains de luxe* en los que nuestros pomposos espíritus se sientan alegremente susurrando sus gastados afo-

---

[1]. Para los teósofos, los que se hallan en un estado intermedio entre dos vidas terrenales. *(N. del E.)*

rismos, fueron magníficamente descritos por Rimbaud. «Me doy cuenta de que mis pesares provienen de no haber comprendido con la rapidez necesaria que pertenecemos al mundo occidental. ¡Los pantanos de Occidente!» Y, en seguida: «Non que je croie la lumière altérée, la forme exténuée, le mouvement égarée...». (No es embaucado por la historia, como podemos observar.) Un instante después, como si conociera su destino desde la eternidad, dice: «L'esprit est autorité, il veut que je sois en Occident».

De vez en cuando, durante su estancia en las más hondas profundidades, observa, como un hombre que se agita en su sueño: «C'est la vie encore». Sí, es la vida, sin lugar a dudas. Sólo que se trata de la otra cara de esa moneda de doble faz. Y él, que, por muy burlonamente que lo exprese, está, sin embargo, en posesión de la verdad, debe tolerarla, llevarla hasta sus últimas consecuencias. No habrá para él otra vida... la eligió desde más allá de la tumba. Todos los elementos de su carácter fueron determinados en la hora de su nacimiento y ellos darán a su destino el carácter impar de su agonía. Sufrirá no sólo porque sus padres así lo quisieron, no sólo porque la epoca exigía que sufriera; sufrirá a causa de toda la evolución que el espíritu humano ha atravesado. Sufrirá precisamente porque es el espíritu humano el que se afana. Sufrirá como sólo sufre la semilla cuando cae en tierra estéril.

De acuerdo con estas reflexiones, ¿por qué la segunda mitad de su vida parece más misteriosa y enigmática que la primera? ¿No está acaso el destino del hombre determinado por su carácter? Nos convertimos en lo que somos; todo lo demás es un mero fruto del azar. Las *rencontres* fortuitas, los extraños accidentes de la fortuna, tienen un sentido sublime. El hombre es siempre consecuente consigo mismo, aun cuando en un momento imprevisible de una vida de otro modo loable cometa súbitamente un crimen horrible. ¿No es, acaso, frecuente el caso del hombre ejemplar que comete un crimen nauseabundo?

Rimbaud llama repetidamente la atención sobre sus defectos. En realidad, los subraya. Cuando dije que la última mitad de su vida fue una especie de calvario, lo dije en el sentido de que dio rienda suelta a sus impulsos. Su crucifixión no es el fruto de sus facultades excepcionales, puesto que ellas lo habrían sostenido a través de cualquier ordalía, sino la consecuencia de haberse rendido a sus instintos. Para Rimbaud esta rendición significaba abdicación: los indomables corceles se apoderan de las riendas. ¡Y qué trabajo entonces para hallar el buen camino! Interminable. A veces se diría que no es en el fondo. El poeta seguirá manifestándose, aunque sólo de acuerdo con el excéntrico patrón de sus erráticos rumbos. ¡Mirad los lugares adonde se deja arrastrar! Llega y parte de casi todos los puertos de Europa, hacia este o aquel lugar: Chipre, Noruega, Egipto, Java, Arabia, Abisinia. Pensad en sus actividades, sus estudios, sus especulaciones. Todas «exóticas». Sus hazañas son tan audaces y tan fuera de lo explorado como sus vuelos poéticos. Su vida nunca se muestra prosaica, por penosa o aburrida que pudiera parecerle. Estaba en la flor de la edad, piensa el oficinista. Sí, muchos buenos ciudadanos, para no hablar de los poetas, darían una pierna o un brazo sólo por tener la oportunidad de imitar la vida aventurera de Rimbaud. Los patólogos quizá la califiquen de «paranoia ambulatoria», pero para la gente que tiene que quedarse en casa representa la gloria. Al francés que cultiva su jardín le habrá parecido sin duda la demencia total. Debe de haber sido aterradora esta *tour du monde* con el estómago vacío. Y debió parecer aún más extravagante, más aterrador, cuando se supo que había contraído la disentería por llevar constantemente en su cinturón 40.000 francos en oro. Todo lo que hizo fue excéntrico, fantástico, *inouï*. Su itinerario es una ininterrumpida fantasmagoría. Hay en él, indiscutiblemente, elementos de pasión e imaginación, los mismos que admiramos en su obra. Pero hay también frialdad en todos sus actos, como la hubo en su conducta como poeta. Hasta en su poesía está presente ese fuego frío, esa luz sin calor. Es un elemento heredado de su madre y que ella misma agrava con su actitud hacia él. Para ella, Rimbaud es siempre imprevisible, el lúgubre engendro de un matrimonio sin amor. Haga lo que haga por liberarse de la órbita paterna, ella estará siempre allí, como una piedra imán, para atraerlo. Conseguirá liberarse de las exigencias del mundo literario, pero nunca de su madre. Es la estrella negra que lo atrae como una fatalidad. ¿Por qué no la olvidó totalmente, como olvidó todo lo demás? Evidentemente, ella es el vínculo con el pasado al cual no puede renunciar. En realidad, se convierte en *el pasado*. Parece que también su padre sentía esa pasión por la vida errante y que, finalmente, poco después del nacimiento de Rimbaud, se fue para siempre. Pero el hijo, por lejos que vaya en su deambular, jamás podrá concluir esta ruptura; ocupa el lugar que dejó vacante el padre y, como el padre, con el que se identifica, seguirá alimentando el dolor de su madre. Y por ello vagabundea. Errando, llega a la tierra de los pastores, «donde duermen los cebúes, enterrados en la hierba hasta la papada». Y allí también sueña, estoy seguro, pero no sabemos si sus sueños son amargos o gloriosos. Ya no los anota; sólo nos deja notas marginales: instrucciones, peticiones, demandas, quejas. ¿Había llegado al punto en que ya no era necesario registrar sus sueños? ¿Era la acción el sustituto? Estas preguntas seguirán formulándose eternamente. Una sola cosa es evidente y es que no conoció ninguna alegría. Aún estaba poseído, dominado. No abandona la tarea del creador para calentarse al sol. Es todo energía, aunque no la energía de un ser «cuyo centro está en reposo»*.

¿Dónde, pues, el enigma? Ciertamente no en su conducta exterior, pues, aun en su papel de excéntrico, es consecuente consigo mismo. Hasta cuando sueña con tener un día un hijo,

---

* «Ahora el problema está en librarse de mí», dijo Nietzsche en el manicomio. Y firmó: «El Crucificado».

un hijo que podría llegar a ser ingeniero *(sic)*, podemos entenderlo. Evidentemente la idea es un poco *bouleversante*, pero podemos aceptarla. ¿No nos ha preparado acaso para que esperemos de él *cualquier cosa*? ¿No es humano también? ¿No tiene derecho a jugar con ideas de matrimonio, paternidad y cosas por el estilo? ¿Qué tiene de sorprendente que el poeta capaz de ir a cazar elefantes, de escribir a su familia pidiendo un «Manual teórico-práctico de la exploración», de soñar con enviar un artículo sobre los gallas a la Sociedad Geográfica, anhele también una mujer blanca y un hijo hecho a su imagen y semejanza? La gente se asombra de que tratara tan bien a su amante abisinia. Y ¿por qué no? ¿Es tan raro que fuera atento, cortés, hasta considerado... que de cuando en cuando hiciera un poco de bien, como él mismo dice? ¡Recordemos el discurso de Shylock!

No, lo que resulta difícil de tragar, lo que se nos queda atascado como un terrón en la garganta, es su renunciamiento al arte. Es aquí donde hace su aparición *Monsieur Tout-le-Monde*. Éste es realmente su *delito*, como se suele decir. Podemos perdonarle todas sus faltas, sus vicios, sus excesos, pero eso no. Ésa es una afrenta imperdonable, *n'est-ce pas*? ¡Cómo nos traicionamos en este punto! A todos nos gustaría a veces mandar todo al diablo, ¿no es verdad? Estamos hartos, hastiados de todo y, sin embargo, seguimos. Seguimos porque no tenemos ni el valor ni la imaginación para seguir su ejemplo. No perseveramos por un sentimiento de solidaridad, ¡ah no! La solidaridad es un mito, al menos en nuestra época. La solidaridad es para los esclavos que aguardan hasta que el mundo se convierta en una manada de lobos para dar todos juntos el zarpazo y desgarrar y lacerar como bestias envidiosas. Rimbaud era un lobo solitario. Que no se escabulló, sin embargo, por la puerta de atrás con el rabo entre las piernas. Nada de eso. Hizo un pito catalán al Parnaso y a los jueces, sacerdotes, maestros de escuela, críticos, capataces de esclavos, ricachones y juglares que forman nuestra distinguida sociedad cultural. (Y no os ilusionéis pensando que su época fue peor que la nuestra. No penséis ni por un instante que todos esos avaros, esos maniáticos y esas hienas, esos falsarios de todas las capas sociales, se hayan extinguido. Éste es también *vuestro* problema, como fue el suyo.) No, como digo, le importaba un bledo ser o no aceptado... despreciaba las mezquinas satisfacciones que la mayoría de nosotros ansía. Vio que todo era una complicación nauseabunda, que ser otra cifra histórica no lo llevaría a ninguna parte. Ansiaba vivir, quería más espacio, más libertad; quería expresarse, no le importaba cómo. Y así fue como exclamó: ¡jódete!, ¡jodeos todos! y desde considerable altura, como dijera Céline. Y esto, queridos esclavos de la vida, es realmente imperdonable ¿no? *Éste es su delito* ¿verdad? Muy bien, demos nuestro veredicto. «Rimbaud, has sido declarado culpable. Tu cabeza será cortada limpiamente en un lugar público en nombre de los artistas descontentos del mundo civilizado.» Cuando pienso en el júbilo con que siempre el populacho corre hacia la guillotina, especialmente cuando se trata de una víctima «escogida», recuerdo las palabras de Camus en *El extranjero*. Y yo sé lo que significa ser un alma extranjera. El *procureur* acaba de formular al público que asiste al juicio del «monstruo» esta pregunta retórica: «¿Ha dicho, al menos, que lo lamentaba? Nunca, señores. Ni una sola vez en el curso de la instrucción me pareció conmovido este hombre por su abominable crimen». (Se trata siempre, observad, del crimen real... nunca del crimen mismo.) La víctima, mientras tanto, prosigue su monólogo interior: «... En ese momento, se volvió hacia mí y me señaló con el dedo mientras seguía abrumándome sin que yo pudiera en realidad comprender bien el porqué. Sin duda, yo no podía evitar reconocer que tenía razón. No estaba muy arrepentido que digamos de lo que había hecho. Pero tanto encarnizamiento me asombraba. Hubiera querido explicarle cordialmente, casi con afecto, que nunca había podido arrepentirme verdaderamente de nada. Que había sido siempre una víctima de lo que habría de ocurrir, del hoy o del mañana. Pero, naturalmente, en el estado en que me habían puesto, no podía hablarle a nadie en ese tono. No tenía derecho a mostrarme afectuoso, a demostrar buena voluntad. Y traté de seguir escuchando porque el fiscal se había puesto a hablar de mi alma».

En el capítulo de *Clown and Angels* titulado «La creación del poeta», Wallace Fowlie señala un aspecto superlativo del ser de Rimbaud, un aspecto que lo individualiza y que caracteriza, a mi entender, el heroísmo del poeta. «El genio –escribe– es tanto el maestro del silencio como su esclavo. El poeta existe no sólo en las palabras que suscribe sino también en la pausa, en el espacio en blanco que queda en la página. Su honestidad es su integridad y Rimbaud vivió gloriosamente intacto.»

Es curioso, pero el mismo Rimbaud usó la palabra «intacto». «Los criminales son repugnantes como castrados; yo estoy intacto, y me es igual.» Ve al amo y al esclavo, al juez y al criminal, al rebelde y al conformista uncidos al mismo yugo: ése es su infierno, estar uncidos entre sí, cegados por la ilusión de que son distintos. Y el poeta, dice, está en la misma situación, está también atado; su espíritu no es libre, su imaginación no puede remontarse sin trabas. Por ello Rimbaud rehúsa rebelarse, renuncia a rebelarse. Aunque no se lo propuso, ésta era la forma más segura de hacer sentir su influencia: manteniendo un terco silencio hace notar su presencia. Lo que se asemeja a la técnica del sabio*, más efectiva que el cañoneo. En vez de convertirse en otra voz, el poeta se transforma así en *la* voz, la voz del silencio.

Mientras estéis en el mundo y forméis parte de él, decid lo que tengáis que decir; luego, ¡cerrad el pico para siempre! Pero ¡no capituléis, no agachéis la cabeza! ¿El castigo? La ex-

---

* ¿Acaso no fue ese el intento de Lao-Tse?

pulsión; la autoexpulsión, puesto que ya hemos rechazado el mundo. ¿Es un destino tan terrible? Sólo si aspiramos a la luz de la fama. También deben existir los que reinan en el silencio y la oscuridad. El mundo está compuesto de dualidades, tanto en el reino espiritual como en el físico. El mal ocupa tanto lugar como el bien, la oscuridad tanto como la luz. Siempre sombra y esencia. Para el hombre de Dios sólo es inhabitable el mundo crepuscular, ya que es el reino de la confusión. Fue en esta zona donde Nietzsche situó a los dioses caídos, un reino donde ni Dios ni Satanás son reconocibles, el valle de la muerte que el espíritu atraviesa, el oscuro intervalo en el que el hombre pierde su relación con el Cosmos. Y es también «el tiempo de los asesinos». Los hombres ya no vibran de exaltación; se retuercen y serpean de envidia y de odio. Faltos de armazón, nada saben ya de ascensión; al no admitir ninguna tensión, simplemente reaccionan. El hombre medieval reconocía al Príncipe de las Tinieblas y rendía justa pleitesía a las potencias del mal, como lo prueba el testimonio de la piedra y la escritura. Pero el hombre de la Edad Media también reconocía y admitía a Dios. Su vida era, por ende, rica y profunda; abarcaba toda la escala. Por contraste, la vida del hombre moderno es pálida y vacía. Sus terrores superan a todos los conocidos por los hombres de otras edades, pues vive en el mundo de lo irreal, rodeado de fantasmas. Ni siquiera tiene las posibilidades de alegría o liberación que estaban al alcance de los esclavos de la Antigüedad. Es la víctima de su propio vacío interior y sus tormentos son los tormentos de la esterilidad. Amiel, que tan bien conocía la época y que era otra «víctima» de ella, nos ha dejado una relación de «la esterilidad del genio»: una de las frases más alarmantes que el hombre pueda proferir, ya que significa que el fin está a la vista...

Y hablando del fin, no puedo dejar de recordar las palabras de Amiel sobre la repugnancia que le produce el estilo de Taine. «No despierta absolutamente ningún sentimiento; es un mero instrumento de información. Imagino que algo así será la literatura del futuro, la literatura *à l'americaine,* lo más distinta posible del arte griego, ofreciéndonos álgebra en lugar de vida, la fórmula en vez de la imagen, los efluvios del crisol en lugar de la divina locura de Apolo. La visión fría reemplazará a las alegrías del pensamiento y veremos la muerte de la poesía, desollada y disecada por la ciencia.»

En el caso del suicida no nos interesa saber si su muerte fue rápida o lenta, si su agonía fue breve o prolongada. Lo que nos importa es el *acto,* pues súbitamente nos hace comprender que ser y no ser son actos, no verbos intransitivos, que convierten en sinónimos la existencia y la muerte. El acto del suicidio posee siempre un efecto detonante; nos golpea por un momento la conciencia. Nos hace ver que estamos ciegos y muertos. ¡Y qué típico de nuestro mundo gobernado por enfermos que la ley juzgue estos actos con hipócrita severidad! No queremos que se nos recuerde lo que hemos dejado sin hacer; nos acobardamos ante la idea de que más allá de la tumba el dedo del prófugo estará siempre señalándonos.

Rimbaud era un suicida *viviente.* Y por ello mismo, tanto más insoportable para nosotros. En realidad, podría haber terminado con su vida a los diecinueve años, pero no, la prolongó hasta hacernos asistir a través de la locura de una vida dilapidada a la muerte viviente que todos nos infligimos. Caricaturizó su propia grandeza de manera que hiciera aún más denigrantes nuestros mezquinos esfuerzos. Trabajó como un negro para que pudiéramos deleitarnos en la vida de esclavitud que hemos elegido. Todas las cualidades que puso de manifiesto durante su guerra de dieciocho años con la vida fueron aquellas que, como decimos hoy, llevan «al éxito». Hacer del éxito un fracaso tan amargo fue su triunfo; y se necesitaba un coraje diabólico (aun cuando fue en realidad inconsciente) para llevar a cabo este experimento. Cuando compadecemos al suicida, lo que hacemos en realidad es compadecernos de nosotros mismos por no tener el valor de seguir su ejemplo. No podemos soportar demasiadas deserciones; nos desmoralizaríamos. Lo que queremos son víctimas de la vida, para que nos acompañen en nuestra desgracia. Nos conocemos tan bien los unos a los otros, demasiado bien, que nos repugnamos mutuamente. Pero seguimos observando la cortesía convencional de los gusanos. Y tratamos de que así sea aun cuando nos estamos exterminando los unos a los otros... Palabras familiares estas ¿verdad? Nos las repetirán Lawrence, Céline, Malaquais y otros. Y quienes recurran a ellas serán vilipendiados, acusados de apóstatas, escapistas, ratas que abandonan el barco que se hunde. (¡Como si la inteligencia no fuera una característica suprema de las ratas!) Pero el barco se *está* hundiendo; eso es irreversible. Lawrence nos habla de ello en sus cartas de guerra y nuevamente al escribir sobre *Moby Dick*... «On va où l'on pèse», declara St. Exupery en las exaltadas páginas de su *Piloto de guerra*.

Estamos en camino, sin duda. Pero ¿dónde está el arca que nos llevará a través del Diluvio? Y ¿de qué materiales estará hecha? En cuanto a los elegidos, deberán ser, indiscutiblemente, de una fibra distinta a la de los hombres que hicieron *este* mundo. Estamos aproximándonos al fin y el que nos aguarda es un fin catastrófico. Las advertencias verbales han dejado de conmovernos. Se necesitan actos, actos suicidas quizás, pero actos plenos de significación.

El gesto de renunciación de Rimbaud fue uno de ellos. Fermentó la literatura. ¿Conseguirá fermentar la vida? Lo dudo. Dudo que algo detenga la marea que amenaza con arrastrarnos. Pero hay algo que su advenimiento logró: transformar a aquellos entre nosotros que son aún conscientes, aún sensibles al futuro, en «flechas de ansiedad para la otra costa».

En cuanto a la muerte, lo importante para el hombre es que es capaz de distinguirla de la disolución. El hombre muere *por* algo, si es que muere. El orden y la armonía que dimanaron del caos primordial, según nos dice el mito, proporcionan a nuestras vidas un fin superior a nosotros y al cual nos sacrificamos cuando adquirimos conciencia. Este sacrificio es consumado en el altar de la Creación. Lo que creamos con la mano y la lengua no tiene valor; lo que creamos con nuestras vidas es lo que cuenta. Sólo cuando nos convertimos en una parte de la Creación comenzamos realmente a vivir.

No es, pues, la muerte nuestro permanente reto, sino la vida. Hemos honrado a los «devoradores de muerte» *ad nauseam* pero ¿qué de quienes aceptan el reto que les lanza la vida? ¿Cómo los honramos? Desde Lucifer hasta el Anticristo fluye una llama de pasión que el hombre venerará siempre en la medida en que siga siendo meramente hombre, y contra esta pasión, que es la llama misma de la vida, debemos oponer la serena aceptación de los iluminados. Es necesario pasar a través de las llamas a fin de conocer la muerte y comprenderla. La fuerza del rebelde, el malo, reside en su inflexibilidad, pero la verdadera fuerza está en la sumisión que nos permite consagrar nuestra vida, mediante la devoción, a algo que está por encima de nosotros. La fuerza de uno lleva al aislamiento, o sea a la castración, en tanto que la fuerza del otro conduce a la unificación, o sea a la fecundidad perdurable.

Pero la pasión tiene siempre su *raison d'être*, y la pasión del creador, que hace un calvario de su paso por la tierra, tiene su octava más alta en la pasión de un Cristo que encarna todo el sufrimiento humano. La pasión del poeta es el fruto de su visión, de su facultad de ver la vida en su esencia y en su totalidad. Una vez destruida o trastornada tal visión, la pasión se agota. En el reino del arte estamos acercándonos claramente al fin de la pasión. Aun cuando seguimos engendrando algunos gigantes productivos, sus obras yacen como lápidas caídas en medio de esplendores aún intactos, aún erectos, de la Antigüedad. Pese a la suma de sus poderes, la sociedad no puede sustentar al artista si es impermeable a su *visión*. Por mucho tiempo nuestra sociedad ha demostrado un total desinterés por el mensaje del artista. La voz que es desoída suele enmudecer. A la anarquía de la sociedad, el artista responde con su anaudia. Rimbaud fue el primero en hacer el ademán. Su ejemplo nos ha hechizado. No busquemos sus discípulos entre las figuras literarias de nuestro tiempo; busquémoslos, más bien, entre las oscuras, las eclipsadas, entre los jóvenes obligados a ahogar su genio. Y miremos ante todo lo que ocurre en nuestro propio país, los Estados Unidos, donde el peaje es más gravoso. En esta nueva forma de protesta cooperamos en la destrucción del huevo. Es la forma más segura de socavar el edificio tambaleante de una sociedad en descomposición. Sus efectos son más rápidos y duraderos que los estragos producidos por las superfortalezas. Si el poeta no ha de tener ningún lugar, ninguna participación en el nacimiento de un nuevo orden, acabará por volarlo haciéndolo estallar en su mismo núcleo. Y esta amenaza no es imaginaria, es bien real. Es el preludio de una danza de la muerte mucho más terrible que las de la Edad Media.

Los únicos espíritus verdaderamente creadores de los tiempos modernos fueron los seres demoníacos; en ellos se concentraba la pasión que se estaba ya agotando. Habían redescubierto la fuente de la vida, ese antiguo festín en el que Rimbaud trató de recuperar su apetito, pero sus medios de comunicación fueron cortados. *Los hombres ya no se comunican,* ésa es la tragedia de los tiempos modernos. La sociedad ha dejado hace mucho de ser una comunidad; se ha disuelto en conglomerados de átomos impotentes. Lo único que puede unirla, la presencia y el culto de Dios, ya no existe.

Cuando, en su primera juventud, Rimbaud escribió con tiza en las paredes de las iglesias «¡Muera Dios!», demostró que estaba más cerca de Él que los poderes que gobiernan la Iglesia. Su arrogancia, su reto, nunca se volvieron contra los pobres, los desdichados, los verdaderamente devotos; combatía a los usurpadores, a los simuladores, a todo cuanto había de falso, de vano, de hipócrita y de destructor de vida. Quería que la Tierra volviera a ser el Paraíso que fue alguna vez, que sigue siendo bajo el halo de ilusión y de engaño que la cubre. No estaba de ningún modo interesado por un paraíso espiritual situado en un mítico más allá. Aquí y ahora, en la carne, como miembros de una gran comunidad inflamada de vida, así es como concebía la Navidad sobre la Tierra.

«On meurt pour cela dont on peut vivre.» Estas palabras no le pertenecen, pero sí su significado. La muerte está en la separación, en vivir separado. No significa simplemente dejar de ser. Una vida que no tiene significado aquí abajo no tendrá ninguno en el más allá. Creo que Rimbaud comprendió claramente todo esto. Renunció a la lucha en un plano determinado para continuarla en otro. Su renunciamiento fue, en cierto sentido, una afirmación. Comprendió que sólo en el silencio y la oscuridad podían restaurarse los elementos del arte. Siguió las leyes de su ser hasta el fin, haciendo añicos todas las formas, aun las propias. En el comienzo mismo de su carrera comprendió lo que otros comprenden sólo al final, si es que alguna vez lo comprenden: que el verbo sagrado ha perdido su vigencia. Comprendió que el veneno de la cultura había transformado la belleza y la verdad en artificio y decepción. Sienta la belleza en sus rodillas y la encuentra amarga y la abandona. Es la única forma de que pueda seguir venerándola. Y ¿qué dice una vez más en las profundidades del infierno?: «Errores que alguien me sugiere: magias, falsos perfumes, músicas pueriles». (Ésta es para mí la línea más obsesionante y la más desconcertante de su *Temporada*.) Cuando se jactaba de poseer todos los talentos quería decir «en este falso plano». O con esta «falsa máscara cultural». Reino en el cual era, naturalmente, un maestro. Pero es el reino de la confusión, el mundo *Mamser,* en el que todo posee el mismo valor y, por ende, ninguno. ¿Queréis que silbe? ¿Queréis una *danse de ventre?* De acuerdo. Lo que queráis. Sea lo que sea. No tenéis más que pedirlo.

Todo cuanto Rimbaud expresó en su obra proclamaba esta verdad, que «vivimos no en medio de hechos, sino de profundidades y símbolos». El misterio inherente a su obra impregna su vida misma. No podemos *explicar* sus actos, sólo podemos permitirles que revelen lo que ansiamos saber. Él era un enigma tan grande para sí mismo como para los demás, estaba tan azorado y confundido por sus expresiones como por su vida posterior. Buscaba el mundo exterior como un refugio. Un refugio ¿de qué? Quizás de los terrores de la lucidez. Era una especie de santo al revés. En él la luz llega primero, luego el conocimiento y la experiencia del pecado. El pecado es para él un misterio y necesita ponérselo, como los penitentes de antaño se ponían el cilicio.

Huyó, decimos. Pero tal vez huyó *hacia* algo. Es evidente que escapó a una forma de locura sólo para convertirse en víctima de otra. Sale con dificultad por las salidas como un hombre que se debate en una camisa de fuerza. Apenas ha conseguido escapar a una tragedia es acosado por otra, es un hombre marcado. «Ellos» le pisan los talones. Sus vuelos poéticos, que son como etapas progresivas de un trance interrumpido tenían su equivalente en los vuelos sin sentido que lo llevaban precipitadamente de uno a otro extremo del mundo. ¡Con cuánta frecuencia es devuelto, aplastado y vencido! Descansa el tiempo estrictamente necesario para repararse, como un crucero o un bombardero de largo alcance, hasta que, listo una vez más para actuar, ¡zuuuum!, parte volando hacia el Sol. Lo que busca es la luz, y el calor humano. Sus iluminaciones parecen haber agotado en él todo el calor natural; en su sangre hay un deshielo glacial. Pero cuanto más lejos vuela, más grande es la oscuridad. La Tierra está envuelta en sangre y en tinieblas. Las capas de hielo avanzan hacia el centro.

Al parecer su destino era tener alas y vivir encadenado a la tierra. Se esfuerza como para alcanzar las estrellas más remotas, sólo para descubrir que está revolcándose en el barro. La verdad es que cuanto más bate sus alas más profundamente aprisionado se halla en la tierra. En él, el aire y el fuego combaten con la tierra y el agua. Es un águila encadenada a la tierra. Y son las pequeñas aves las que devoran su corazón.

Aún no había llegado su hora. Esta visión de la Navidad en la tierra era demasiado prematura, como la esperanza de abolir los falsos dioses, las burdas supersticiones, las panaceas baratas. La raza de este planeta tiene aún un largo período de afanes por delante antes de que pueda emerger a la luz blanca del alba. *Alba* es para él una palabra llena de significado... En el fondo de su corazón, Rimbaud parece haber comprendido. No debemos interpretar su enorme anhelo de libertad –¡es el deseo de un condenado!– como el deseo de su propia salvación personal*. Habla un hombre de la raza de Adán, que conoció el sabor de la vida eterna pero la cambió por el conocimiento, que es la muerte. Su celo pagano es el fervor de un alma que recuerda sus orígenes. No está buscando un retorno a la naturaleza, *à la Rousseau*. De ningún modo. Lo que busca es la gracia. De haber sido capaz de creer, habría rendido hace mucho su alma. Pero su corazón estaba paralizado. Aquellos diálogos que sostenía con su hermana en el hospital reanudan no sólo el interrogante que lo mantuvo en la incertidumbre, sino también la búsqueda. Si ella cree tan sinceramente y sin reservas, ¿por qué no él también? ¿No son acaso de la misma sangre? Ya no le pregunta, pues, *por qué* cree, sólo le pregunta: *¿crees?* Éste es el salto final para el que debe reunir todas sus fuerzas. Es el salto fuera de sí mismo, la ruptura de las cadenas. Ya no importa *en qué* cree, sólo se trata de creer. En uno de estos bruscos cambios de ánimo que jalonan *Una temporada en el infierno,* después de un estallido de exaltación en el que afirma que la razón renace en él, que ve al fin que el mundo es bueno y bendice la vida y ama a su prójimo, agrega: «Ya no son promesas de infancia. Ni la esperanza de escapar a la vejez ni a la muerte. Dios hace mi fuerza, y yo alabo a Dios». Este Dios que es la fuerza del hombre no es un dios cristiano ni pagano. Es simplemente Dios; accesible a los hombres de todas las razas, ge-

---

* «Quiero seres que se me parezcan», dijo Lautréamont.

neraciones y culturas. Se le puede hallar en todo lugar y todo tiempo, sin necesidad de intermediarios. Es la Creación misma y seguirá existiendo, aunque el hombre no crea.

Pero cuanto más creador es un hombre, mayores garantías hay de que reconozca a su Hacedor. Quienes se resisten más tercamente no hacen sino atestiguar más firmemente su existencia. La lucha en contra tiene en sí tanto valor como la lucha en pro; la diferencia está en que el que lucha en contra está de espaldas a la luz; está luchando con su propia sombra. Sólo cuando este juego de sombras lo agota, cuando cae finalmente postrado, la luz que lo cubre puede revelarle los esplendores que había confundido con fantasmas. Tal es la rendición del orgullo y el egotismo que se exige a todos, a grandes y pequeños.

Un artista adquiere el derecho de llamarse creador sólo cuando admite que no es sino un instrumento. «¡Autor, creador, poeta! ¡Aún no ha existido tal hombre!» Así habló Rimbaud en la arrogancia de su juventud. Pero estaba proclamando una profunda verdad. El hombre no crea nada de y por sí mismo. Todo ha sido ya creado, previsto... y, no obstante, la libertad existe, la libertad de cantar alabanzas a Dios, la obra más alta que el hombre pueda crear. Cuando actúa así ocupa su lugar junto al creador. Ésta es su libertad y su salvación, puesto que es la única manera de decir sí a la vida. Dios escribió la partitura y Dios dirige la orquesta. El papel del hombre es hacer música con su propio cuerpo. Música celestial, *bien entendu*, pues todo lo demás es cacofonía.

Ni bien embarcaron el cadáver con destino a su casa, la madre de Rimbaud corrió a disponer las exequias. Su cuerpo marchito, mutilado, acribillado por las señales de su agonía, es enterrado precipitadamente. Como si la madre estuviera deshaciéndose de la peste. Probablemente fumigó la casa al volver del cementerio, después de haber acompañado con su hija Isabelle a la fúnebre carroza: el cortejo se componía sólo de ellas dos. Libre por fin de «genio», Madame Rimbaud podía ya dedicarse en paz a los animales y las mieses, a los mezquinos círculos de su mezquina vida provinciana.

¡Qué madre! La encarnación misma de la estupidez, el fanatismo, la terquedad y el orgullo. Cada vez que el hostigado genio amagaba con adaptarse finalmente a su propio infierno, cada vez que su atormentado espíritu flaqueaba, allí estaba ella para azuzarlo con la horquilla o echar un poco de aceite hirviendo en sus heridas. Ella, que lo había traído al mundo, fue quien lo negó, lo traicionó, lo persiguió. Y hasta le privó de ese privilegio que todo francés ansía, el placer de un buen funeral.

Con su cuerpo librado finalmente a la voracidad de los gusanos, Rimbaud retorna al reino de las sombras, a buscar allí su verdadera madre. En vida, sólo conoció a esa bruja, esta arpía de cuyo vientre saltó como la rueda enloquecida de un reloj. Su rebelión contra su tiranía y su estupidez lo convirtió en un solitario. Con su naturaleza afectiva mutilada hasta la raíz, fue para siempre un ser incapaz de dar o recibir amor. Sólo supo oponer la voluntad a la voluntad. A lo sumo, conoció la compasión, nunca el amor.

En su juventud, vemos en él un exaltado, un fanático. Sin términos medios. Sólo la *volte-face*. Revolucionario, busca desesperadamente una sociedad ideal en la cual restañar la herida del aislamiento, herida mortal de la que nunca habrá de recobrarse. Se convierte en un absolutista, puesto que nada puede llenar el vacío entre lo real y lo ideal sino una perfección en la que todo error y toda falsedad sean absorbidos. Sólo la perfección puede borrar el recuerdo de una herida cuya sangre fluye aún más profundamente que el río de la vida.

Incapaz de adaptarse o integrarse, busca interminablemente, sólo para descubrir que no está aquí, *no está allí*, *no es* esto, *no es* aquello. Aprende la negación de todo. Su reto persiste como lo único positivo en el vacío de negación en el cual se mueve a tumbos. Pero el reto es improductivo, socava la fuerza interior.

Esta negación comienza y termina con el mundo de las criaturas, con esas experiencias *sans suite* que no enseñan nada. Por vasta que sea su experiencia vital, nunca es para él lo bastante honda como para darle verdadero significado. El timón ha enloquecido y con él el ancla. Está condenado a la deriva. Y así, el barco encalla en todos los bajíos, en todos los arrecifes, se somete impotente al embate de todas las tempestades, hasta hacerse finalmente pedazos, convirtiéndose en un montón de pecios y residuos. Quien quiera navegar el mar de la vida debe conocer las reglas de la navegación, debe aprender a conocer el viento y las mareas, sus leyes y sus límites. Un Colón no se burla de las leyes, las perfecciona. Ni se hace a la vela rumbo a un mundo imaginario. Descubre un nuevo mundo accidentalmente. Pero esos accidentes son los frutos legítimos de la osadía, que no es inconsciencia, sino el producto de la seguridad interior.

El mundo que Rimbaud buscó en su juventud era un mundo imposible. Lo concibió pleno, rico, vibrante, misterioso, para compensar la ausencia de esas cualidades en el mundo en el que había visto la luz. El mundo imposible es aquel en que ni siquiera los dioses habitaron, la Tierra de Nod que el niño busca cuando se le niega el seno materno. (Es allí, probablemente, donde duerme el cebú y todos esos otros extraños animales que habitan las costas del Mar Muerto.) En estado de vigilia, el imposible sólo puede ser conquistado por asalto y su nombre es la locura. Puede que, como algunos afirman, haya sido en las barricadas, durante la sangrienta Comuna, donde Rimbaud se desvió de este rumbo fatal. Todo lo que sabemos es que, súbitamente, al borde mismo del abismo, se aparta. Decididamente, ¡eso no! Actúa como alguien que se ha percatado de las mentiras y las ilusiones. No se dejará engañar como un incauto. La revolución es tan vacua y nauseabunda como la vida cotidiana de sumisión y conformidad. La sociedad no es más que un rebaño de imbéciles, bribones y perversos sin salvación. Sólo tendrá, pues, fe en sí mismo. Y si es necesario se comerá su propia roña. Allí comienza la huida, el ambular errante, la deriva. Todas esas realidades sórdidas, despreciables, ninguna de las cuales quería para sí, se han convertido en su pan cotidiano. Es el comienzo del descenso y no hay hilos que le ayuden a salir del oscuro laberinto.

La única salvación que reconoce es la libertad. Y para él, la libertad es la muerte, como no tardará en descubrir.

Nadie ha ilustrado mejor que Rimbaud la verdad de que la libertad del individuo aislado es sólo un espejismo. Sólo el individuo emancipado tiene acceso a ella. Y esta libertad se *gana.* Es una liberación gradual, una lucha lenta y laboriosa en la que se exorcizan las quimeras. No pueden matarse las quimeras, puesto que los fantasmas sólo adquieren realidad en la medida en que son reales los temores que los invocan. Conocerse a sí mismo, como dijera Rimbaud en su famosa *Carta del vidente,* es liberarse de los demonios que nos poseen. La Iglesia no inventó estos terrores de la mente y el alma, ni los inventó la sociedad, como tampoco es la sociedad la que crea las restricciones que nos fastidian e importunan. Cae una Iglesia y se establece otra; muere una sociedad y otra comienza a desarrollarse. Los poderes y las emanaciones persisten. Los rebeldes sólo crean nuevas formas de tiranía. Todo cuanto el hombre sufre como individuo, lo sufren todos los hombres como miembros de la sociedad. (Abelardo alcanzó a ver que Dios sufre hasta con la muerte de un conejo.)

«Todo lo que se nos enseña es falso», protestaba Rimbaud en su juventud. Y tenía razón, toda la razón. Pero nuestra misión en la Tierra es combatir las falsas enseñanzas manifestando la verdad que llevamos en nosotros. Aun solos podemos hacer milagros. Y el gran milagro está en unir a todos los hombres en el camino de la comprensión. La clave *es* la caridad. Las mentiras, las falsedades, las decepciones, por crueles que sean, deben ser experimentadas y superadas a través de la integración. El proceso responde al arduo nombre de sacrificio.

Cuando Rimbaud negó la realidad interior y eligió la exterior se puso a merced de las sombrías potencias que gobiernan el mundo. Negándose a trascender las condiciones en las que había nacido, se entregó al flujo estancado. Para él el reloj se detuvo realmente. De ahí en adelante, «mató el tiempo», como solemos decir con inconsciente exactitud. Por mucha actividad que despliegue, el barómetro sólo podrá registrar aburrimiento. Su actividad no hace más que poner de relieve su desconexión. Es parte del vacío que alguna vez tratara de atravesar con el insustancial arco iris de la perfección. La escala de Jacob de sus sueños en una época poblada de heraldos y mensajeros del otro mundo acaba por disiparse. Los fantasmas adquieren realidad. A decir verdad, se vuelven demasiado reales. Ya no son ficciones urdidas por la imaginación, sino fuerzas materializadas de alucinante realidad. Ha invocado la ayuda de poderes que se resisten a ser desterrados a la brumosa profundidad de la cual surgieron. Todo es prestado, vicario. Ya no es un actor sino un agente o un agente de un agente. En el mundo de la imaginación gozaba de una libertad ilimitada, pero en el mundo de las criaturas su poder es vacuo, vacuas sus posesiones. No se sienta ni en los Consejos del Señor ni en los Consejos de los Señores; está aprisionado en la red de los Poderes y Principados. No tiene paz ni reposo. La soledad y la esclavitud son su destino. Un ejército necesita fusiles; él los proporcionará, por lucro. No importa de qué ejército se trate ni a quién pertenezca; venderá sus armas a cualquiera que esté dispuesto a matar. Matar y ser muerto son una sola y misma cosa para él. ¿Hay un mercado de esclavos? Ha traficado con café, especias, goma, plumas de avestruz, fusiles... ¿por qué no esclavos también? *Él* nunca ha dicho a los hombres que se maten entre sí, nunca les ordenó que fueran esclavos. Pero puesto que *es* así, tratará de sacar de ello todo el provecho posible. Con una buena ganancia neta, hasta quizá pueda un día dejar de trabajar y casarse con una huérfana.

Nada le parece ya demasiado sucio, demasiado desagradable para traficar con ello. Después de todo ¿qué importa? Ha dejado de ser su mundo. De una vez por todas. Es el mundo del que escapó sólo para volver a entrar en él por la puerta trasera. ¡Qué familiar le resulta ahora todo! ¡Y ese olor de *pourriture*, caramba, es positivamente nostálgico! Hasta ese olor característico de la carne de caballo quemada –¿o es su propia piel?– resulta familiar a su nariz. Así, como en un espejo sumido en la oscuridad, los habitantes fantasmales de su otrora profunda repugnancia desfilan ante sus ojos. Nunca ha hecho daño a nadie. No, él no. Hasta trató de hacer un poco de bien, cuando estuvo en sus manos. Perfecto. En toda su vida no tuvo para sí sino las heces... ¿se lo puede censurar ahora que trata de conseguir algo para él, algo de la salsa que rebosa del plato pero que siempre queda fuera de su alcance? Así reflexiona en las profundidades de Abisinia. Es la jirafa humana monologando en los altos pastos de la sabana. Bien puede preguntarse ahora: «¿Qué es mi nada frente al estupor que os aguarda?». Lo que le hacía superior era el hecho de no tener corazón. ¿Qué tiene de extraño que un hombre *sans coeur,* como solía llamarse a sí mismo, pudiera pasar dieciocho años de su vida devorando su corazón? Baudelaire no hizo más que desnudarlo; Rimbaud lo arranca y lo devora lentamente.

De tal modo el mundo va asemejándose paulatinamente al tiempo de las calamidades. Las aves caen del cielo, muertas antes de llegar al suelo. Las bestias salvajes galopan hacia el mar para precipitarse en él. La hierba se seca, la semilla se pudre. La naturaleza adquiere el aspecto estéril, deformado, de un avaro, y los cielos reflejan la inanidad de la tierra. El poeta, harto de haber cabalgado la yegua salvaje sobre lagos de asfalto hirviente, se degüella. Bate en vano sus alas rudimentarias. La fabulosa ópera se derrumba y un viento ululante arrasa con el decorado. Salvo las brujas más ancianas y furentes, el páramo está desierto. Caen sobre él como arpías, armadas con feroces garfios. El suyo es un saludo más sincero que el de su lucha imaginaria con Su Majestad Satánica. Nada falta en el concierto de infiernos que él pidió en una ocasión.

«¿Es aún la vida? ¿Quién lo sabe? Todo lo que podemos decir es que estamos allí. Se va donde se pesa. Sí. Se va, se llega. Y el barco se va a pique...»

Tratando de conquistar a su demonio (el ángel disfrazado) Rimbaud llevó una vida igual a la que su peor enemigo podría haber soñado para castigar su tentativa de deserción. Tanto la sombra como la esencia misma de su vida imaginaria tenían sus raíces en la inocencia. Fue la virginidad de su alma la que lo hizo inadaptable y lo condujo, característicamente, a una nueva forma de locura: el deseo de adaptación *total*, de conformidad *total*. Es el mismo absolutismo de antaño el que brota a través de la cáscara de la negación. La dualidad ángel-demonio, imposible de resolver para él, acaba por fijarse. La única solución es la disolución en el número. Incapaz de ser él mismo, puede convertirse en una infinidad de personalidades. Jacob Boehme lo expresó hace tiempo: «Quien no muere antes de morir, es aniquilado cuando muere». Tal es el destino del hombre moderno: arraigado en el flujo, no muere, se desmorona como una estatua, se disuelve, desaparece en la nada.

Pero existe otro aspecto de la exagerada mundanidad de Rimbaud. Su anhelo de poseer la verdad *en cuerpo y alma* es el anhelo de ese Paraíso inferior que Blake llamó Beulah. Representa el estado de gracia del hombre plenamente consciente, que, habiendo aceptado incondicionalmente su infierno, descubre un paraíso de su propia creación: la resurrección *de la carne*. Ello significa que el hombre es al fin responsable de su destino. Rimbaud trató de re-situar al hombre sobre la tierra, *esta tierra*, y de hacerlo totalmente. Se negó a reconocer una eternidad del espíritu alimentada con cuerpos muertos, como se negó a aceptar una sociedad ideal integrada por cuerpos sin alma dirigidos desde sus centros políticos y económicos. Esa aterradora energía que puso de manifiesto a lo largo de toda su existencia terrena no era sino el espíritu creador que lo animaba. Si negó al Padre y al Hijo, no negó en cambio al Espíritu Santo. Lo que él adora y exalta es la creación. De esa fiebre nace la «necesidad de destrucción», a que he aludido. Rimbaud no bregaba por una destrucción desenfrenada y vengativa, sino por una limpieza general del terreno para que pudieran brotar nuevos retoños. Su meta es dar rienda suelta al espíritu. Aparte de que, negándose a nombrar, definir o circunscribir el verdadero Dios, trataba de crear lo que podríamos llamar un vacío pleno donde pudiera echar raíces la imaginación de Dios. No tenía la vulgaridad o familiaridad del sacerdote que conoce a Dios y conversa todos los días con Él. Rimbaud sabía que existía una comunión más alta del espíritu con el espíritu. Sabía que la comunión es un diálogo inefable que ocurre en absoluto silencio, reverencia y humildad. En este sentido, está mucho más cerca de la adoración que de la blasfemia. Su iluminación es la de quienes exigen que la salvación tenga un sentido. El «canto racional de los ángeles» ¿no es, acaso, la llamada a un esfuerzo inmediato? La postergación es la melodía del diablo y va siempre acompañada por la droga de la indolencia.

«¡Qué aburrimiento! ¿Qué estoy haciendo aquí?», escribe Rimbaud en una de sus cartas de Abisinia. «¿*Qué estoy haciendo aquí?*» Ese grito de desesperación resume la condición de los uncidos a la tierra. Hablando de los largos años de exilio que Rimbaud había profetizado para sí en su *Temporada*, dice Edgell Rickword: «Lo que buscaba cuando salió de su cáscara humana era la forma de mantenerse en la condición de trascendente pureza, de divina desilusión de la cual emergía». Pero no se sale nunca de esta cáscara humana, ni siquiera en la locura. Rimbaud se parecía más bien a un volcán que se apaga. Si alguna vez emergió fue para amputarse, a la altura de la adolescencia. Y allí permanece, posado en la cúspide, como un *jeune roi soleil*.

Como vemos, esta negativa a madurar tiene una grandeza patética. ¿Madurar *en qué forma?*, podemos imaginarlo preguntándose. ¿En una virilidad que implica esclavitud y frustración? Había brotado prodigiosamente, pero *¿florecer?* Florecer significaba corromperse, morir en corrupción. Opta pues por morir en capullo. Es el supremo gesto de la juventud triunfante. Permitirá que sus sueños sean aniquilados, pero no mancillados. Había vislumbrado la vida en todo su esplendor y plenitud; no traicionaría esa visión convirtiéndose en un ciudadano domesticado del mundo. «Esa alma extraviada entre todos nosotros», tal como se describiera más de una vez a sí mismo.

Solo y desamparado, llevó su juventud hasta sus máximas consecuencias. Y no sólo gobierna ese reino como nunca nadie lo había hecho, sino que lo agota, al menos en la medida en que lo conocemos. Las alas con las que ascendía se pudren con él en la tumba de las crisálidas de la que se niega a surgir. Muere en la matriz de su creación, intacto, pero en el limbo. Esta cualidad contra-natura es su contribución más significativa a la saga de sus actos de renunciamiento. Tiene un sabor monstruoso, como lo tiene siempre «el papel de azar» cuando es usurpado por el diablo. El elemento de detención (narcisismo), que representa otro de los aspectos del cuadro, involucra un temor aún más grave que todos los demás: la pérdida de la identidad. Esta amenaza, que siempre lo acosó, condenó a su alma a ese olvido que alguna vez desesperó de alcanzar. La región de los sueños lo envuelve, lo sofoca, lo asfixia; se convierte en momia embalsamada por sus propios artificios.

Me gusta pensar en él como el Colón de la juventud, el que ensanchó las fronteras de ese dominio explorado sólo en parte. Dicen que la juventud termina donde empieza la edad adulta. Frase sin sentido puesto que, desde el comienzo de la historia, el hombre nunca disfrutó de la juventud en toda su amplitud ni conoció jamás las ilimitadas posibilidades de su fase adulta. ¿Cómo conocer el esplendor y la plenitud de la juventud si nuestras energías se consumen combatiendo los errores y las falsedades de padres y antepasados? ¿Es que la juventud tiene que derrochar sus fuerzas abriendo las garras de la muerte? ¿Su única misión sobre la tierra es rebelarse, destruir, asesinar? ¿Su único destino es ser ofrecida en holocausto? ¿Y los *sueños* de la juventud? ¿Han de ser siempre considerados desatinos? ¿Han de estar siempre poblados sólo por quimeras? Los sueños son los retoños y los brotes de la imaginación y tienen también derecho a una vida pura. Sofocad o deformad los sueños de la juventud y destruiréis al creador. Cuando no ha habido verdadera juventud no puede haber madurez verdadera. Si la sociedad ha llegado a ser una colección de deformidades, ¿no es ello el fruto de la obra de nuestros maestros y educadores? Hoy, como ayer, la juventud que quiere vivir su propia vida no tiene dónde ir, dónde vivirla, a menos que, recogiéndose en su crisálida, cierre todas las aberturas y se entierre viva. La concepción de nuestra Madre Tierra como «un huevo que contiene todo lo bueno», ha sufrido un cambio radical. El huevo cósmico contiene una yema podrida. Tal es la concepción actual. Los psicoanalistas han seguido la pista del veneno hasta la matriz, pero ¿con qué provecho? En mi opinión, gracias a este profundo descubrimiento, se nos autoriza a pasar de un huevo podrido a otro. Si lo creemos, es verdad, pero creamos o no, es un puro infierno, sin atenuantes. Se dice de Rimbaud que «desdeñó las más grandes satisfacciones de nuestro mundo». ¿No hemos de admirarlo por eso? ¿Por qué ir a engrosar las filas de muerte y podredumbre? ¿A qué engendrar nuevos monstruos de negación y futilidad? Que la sociedad se encargue de su propio cuerpo putrefacto. ¡Tengamos un nuevo cielo y una nueva tierra! Ése era el sentido de la obstinada rebelión de Rimbaud.

Como Colón, Rimbaud salió en pos de una nueva ruta hacia la tierra prometida, ¡la tierra prometida de la juventud!

En su desdichada adolescencia, se había nutrido de la lectura de la Biblia y de los libros tipo Robinson Crusoe que se dan a leer a los niños. Uno de ellos, su predilecto, se llamaba *L'Habitation du désert*. Singular coincidencia, que ya en su infancia viviera en ese desierto que habría de ser la esencia misma de su vida. ¿Se vería ya entonces, en esa época remota de su vida, solo, aislado, varado en un bajío, descivilizándose?

Si hubo un hombre que viera con el ojo derecho y el izquierdo, ese hombre fue Rimbaud. Me refiero, naturalmente, a los ojos del alma. Con uno podía penetrar la eternidad, con el otro «el tiempo y las criaturas», como está escrito en el *Manual de la vida perfecta*.

«Pero esos dos ojos del alma humana no pueden actuar simultáneamente», dicen. «Si el alma mira con el ojo derecho la eternidad, el izquierdo debe cerrarse y abstenerse de actuar y comportarse como si estuviera muerto.»

¿Cerró Rimbaud el ojo que no debía? ¿Cómo explicar si no su amnesia? ¿O es que ese otro yo que se enfundó como una armadura para combatir con el mundo lo hizo invulnerable? Aun así, acorazado como un cangrejo, es tan poco apto para el infierno como lo fuera para el cielo. En ninguna condición, en ningún dominio, le fue posible permanecer anclado; podía apoyar la punta del pie pero nunca posar la planta. Como acosado por las Furias, es arrojado implacablemente de uno a otro extremo.

En algunos aspectos era lo menos francés que cabe imaginar. Pero en nada lo fue menos que en su vigor juvenil. En él se dieron en grado extraordinario los rasgos *gauche* que los franceses detestan. Era ya tan incongruente como podía haberlo sido un guerrero vikingo en la corte de Luis XIV. «Crear una nueva naturaleza y un arte nuevo correspondiente» era su doble ambición. Para la Francia de esa época, tales ideas eran tan válidas y defendibles como el culto de un ídolo polinesio. Rimbaud ha explicado en sus cartas de África hasta qué punto le resultó imposible reanudar la vida de europeo;

confesó que hasta el idioma de Europa le resultaba extraño. En ser y pensamiento está más cerca de la Isla de Pascua que de Londres, Roma o París. La naturaleza salvaje que se había manifestado en él desde su más tierna infancia fue desarrollándose cada vez más pronunciada con el correr de los años y se manifestó más en sus avenencias y en sus concesiones que en su rebelión. Siguió siendo el extranjero, jugando solitario su propio juego, desdeñoso de los métodos y costumbres que se ve obligado a adoptar. Muestra más deseos de pisotear el mundo que de conquistarlo.

Mientras el cebú soñaba, él también lo hacía, podéis estar seguros. Sólo que no conocemos esos sueños. Sabemos únicamente de sus quejas y demandas, no de sus esperanzas y creaciones; sabemos de su desprecio y su amargura, no de sus anhelos y ternuras. Lo vemos preocupado por un sinfín de detalles prácticos y suponemos por ello que había matado al soñador que había en él. Pues bien, es posible que sofocara sus sueños, puesto que eran demasiado grandiosos. Y es posible asimismo que jugara a la cordura con la astucia de un superdemente, antes de expirar en esos radiantes horizontes que había descubierto. ¿Qué sabemos en realidad de su vida interior durante esos últimos años? Prácticamente, nada. Estaba acabado. Cuando se despierta es sólo para lanzar un gruñido, un lamento o una maldición.

A la anabapsis de la juventud opuso la katabapsis de la senilidad. No hubo ningún reino intermedio, salvo la falsa madurez del hombre civilizado. El intermedio fue también el reino de las limitaciones, de las *cobardes* limitaciones. No debe pues sorprendernos que considerara a los santos hombres fuertes, a los ermitaños artistas. Tenían la fortaleza necesaria para vivir alienados del mundo, desafiantes ante todo, con la sola excepción de Dios. No eran gusanos que inclinaban la cabeza y se arrastraban, que asentían a toda mentira por temor a perder su paz o su seguridad. ¡Ni temían vivir una vida enteramente nueva! Sin embargo, vivir aislado, fuera del mundo, no era lo que quería Rimbaud. Amaba el mundo como pocos hombres han sabido amarlo. Dondequiera que fuese su imaginación lo precedía, descubriendo gloriosos paisajes que resultaban siempre, naturalmente, espejismos. Sólo le atraía lo desconocido. Para él, la tierra no era un lugar muerto, reservado a las almas penitentes, afligidas, que se habían entregado, sino un planeta vivo, palpitante, misterioso, donde los hombres podrían, con sólo advertirlo, vivir como reyes. El cristianismo la había convertido en algo que ofendía a la vista. Y la marcha del progreso era una marcha muerta. ¡Media vuelta, entonces! ¡Recomenzad donde abandonó el Oriente con todo su esplendor! ¡Mirad de frente el sol, saludad a los vivos, venerad el milagro! Comprendió que la ciencia se había convertido en un fraude tan monstruoso como la religión, que el nacionalismo era una farsa, el patriotismo un engaño, la educación una forma de lepra, y que la ética era para los caníbales. Todas sus flechas dieron en el centro del blanco. Nadie tuvo una visión más lúcida ni metas más auténticas que aquel rubio muchacho de diecisiete años con los ojos azules como la hierba doncella. «À bas les vieillards! Tout est pourri ici!» Dispara a quemarropa a izquierda y derecha. Pero apenas los ha derribado, ya están nuevamente de pie, mirándole cara a cara. Es inútil disparar contra platos, piensa. No, la tarea de demolición exige armas más mortíferas. Pero ¿dónde conseguirlas? ¿En qué arsenal?

Es aquí donde debe de haber hecho su entrada el Diablo. Podemos imaginarnos las palabras que eligió... «Sigue así y acabarás en el manicomio. ¿Crees acaso que puedes matar a los muertos? Deja eso para mí; los muertos son mi alimento. Además, ni siquiera has comenzado a vivir. Con tu talento, el mundo será tuyo con sólo pedirlo. Lo que te hace superior es que no tienes corazón. ¿A qué demorarse entonces entre estos cadáveres ambulantes, en estado de putrefacción?» A lo que Rimbaud debió de responder «D'accord!». Orgulloso, además, de no haber malgastado palabras, hombre de razón como era. Pero, a diferencia de Fausto, que lo había inspirado, se olvidó de preguntar el precio. O quizás estaba tan impaciente que no esperó siquiera a oír los términos del contrato. También es posible que fuera tan ingenuo que ni sospechara que *debía existir* un contrato de por medio. Siempre fue inocente, hasta en su perdición. Y fue precisamente su inocencia lo que le llevó a creer que existe una tierra prometida, donde reina la juventud. Y sigue creyéndolo cuando su cabello ha comenzado a encanecer. Aun cuando deja por última vez la granja de Roche, no lo hace con la idea de morir en un lecho de hospital en Marsella, sino para partir nuevamente hacia tierras extrañas. Su rostro está permanentemente vuelto hacia el sol. «Soleil et Chair. Et a l'aube c'est le coq d'or qui chante.» A lo lejos, como un espejismo que se aleja constantemente, *les villes splendides,* las espléndidas ciudades. Y en el cielo, los pueblos del mundo marchando, marchando. Por todas partes óperas fabulosas, la suya y la de otros hombres: la creación cediendo a la creación, los peanes sucediéndose los unos a los otros, la infinitud devorando la infinitud. «Ce n'est pas le rêve d'un hachischin, c'est le rêve d'un voyant.»

Su decepción fue la más tremenda que conozco. Pidió más de lo que ningún otro hombre se atreviera a pedir y recibió infinitamente menos de lo que merecía. Corroído por su propia amargura y su propia desesperación, sus sueños acabaron herrumbrándose. Pero para nosotros siguen tan puros e inmaculados como el día en que vieron la luz. Atravesó la corrupción sin que se le adhiriera ninguna úlcera. Todo en él es blanco, resplandeciente, trémulo y dinámico, purificado por las llamas. Más que ningún otro poeta, mora en ese lugar vulnerable llamado corazón. En todo lo que está roto –un pensamiento, un gesto, un acto, una vida– hallamos al orgulloso príncipe de las Ardenas. ¡Que su alma descanse en paz!

Coda

Rimbaud nació, según dicen, a mediados del siglo XIX, el 20 de octubre de 1854, a las seis de la mañana. Un siglo de intranquilidad, de materialismo y de «progreso», como solemos decir. Expiatorio en todo el sentido del término, y los escritores de la época lo reflejan ominosamente. Abundaron las guerras y las revoluciones. Rusia solamente, nos informan, libró treinta y tres guerras (la mayoría de ellas de conquista) durante los siglos XVIII y XIX. Poco después del nacimiento de Rimbaud, su padre parte hacia la guerra de Crimea. También Tolstoi. A la revolución de 1848, breve en duración pero pictórica de consecuencias, sigue la cruenta Comuna de 1871, en la que parece haber participado Rimbaud adolescente. En 1848 estábamos los americanos combatiendo contra los mexicanos, de los que somos hoy grandes amigos, aunque los mexicanos no parecen muy seguros de ello. Durante esta guerra, Thoreau pronunció su famoso discurso sobre la desobediencia civil, documento que algún día se agregará a la Proclamación de la Independencia. Veinte años después estalla la Guerra Civil, la más sangrienta quizá de todas las guerras civiles –pero ¡ved lo que ganamos con ella!–. Desde 1847, hasta su muerte, acaecida en 1881, Amiel escribe su *Journal Intime*, el cuaderno de bitácora del hombre enfermo de Europa, llamada erróneamente Turquía. Este diario nos ofrece un análisis exhaustivo del dilema moral en que se debatían los espíritus creadores de la época. Los mismos títulos de las obras de los grandes autores del siglo XIX resultan significativos. Sólo nombraré unos pocos: *La enfermedad de la muerte* (Kierkegaard); *Sueños y vida* (Gérard de Nerval); *Las flores del mal* (Baudelaire); *Los cantos de Maldoror* (Lautréamont); *El nacimiento de la tragedia* (Nietzsche); *La bestia humana* (Zola); *Hambre* (Knut Hamsun); *Han cortado los laureles* (Dujardin); *La conquista del pan* (Kropotkin); *Mirando hacia atrás* (Edward Bellamy); *Alicia en el País de las Maravillas* (Lewis Carroll); *La serpiente en el Paraíso* (Sacher-Masoch); *Los paraísos artificiales* (Baudelaire); *Las almas muertas* (Gogol); *La casa de los muertos* (Dostoyevski); *El pato salvaje* (Ibsen); *El infierno* (Strindberg); *El mundo inferior* (Gissing); *Al revés* (Huysmans)...

El *Fausto* de Goethe no era tan antiguo cuando Rimbaud pidió a un amigo que se lo prestara. Recordad la fecha de su nacimiento, 20 de octubre de 1854 (6 de la mañana, hora diabólica según las tablas de Occidente). Al año siguiente, 1855, *Hojas de hierba* de Walt Whitman hace su aparición y es recibida por la condenación general y prohibida. En 1860 aparece la obra de Baudelaire sobre *les stupéfiants*, también condenada y retirada de la circulación. Entretanto se habían publicado *Moby Dick* (1851) y *Walden* de Thoreau (1854). En 1855, Gérard de Nerval se suicida, a la edad de cuarenta y siete años. En 1854, Kierkegaard está redactando ya su último mensaje para la historia, en que nos ofrece la parábola de *Los sacrificados*. Sólo cuatro o cinco años antes de que Rimbaud terminara su *Temporada en el infierno* (1873), Lautréamont edita en privado su famoso poema blasfemo, otra «obra de juventud» como solemos decir para no tomar demasiado en serio estos dolorosos testamentos. (¡Cuántos escritores de este siglo XIX editan privadamente sus primeras obras!) Hacia 1888, Nietzsche explica a Brandes que se puede jactar de tres lectores: Brandes, Taine y Strindberg. Al año siguiente enloquece y sigue en ese estado hasta su muerte, ocurrida en 1900. ¡Hombre afortunado! De 1893 a 1897 Strindberg atraviesa una *crise,* como dicen en Francia, que describe luego magistralmente en su *Infierno.* El título de otra de sus obras tiene reminiscencias rimbaudianas: *Las llaves del Paraíso.* En 1888 aparece el curioso librito de Dujardin, olvidado hasta no hace mucho. Ese mismo año sale a la luz el documento utópico de Edward Bellamy. En esa época, Mark Twain está en su apogeo; ha aparecido ya (en 1884) su *Huckleberry Finn,* el mismo año en que se publicó *A rebours,* de Huysmans. En el otoño de 1891, año de la muerte de Rimbaud, Knut Hamsun dirige debates en los cuales se plantea «el derecho de lo oscuro y lo misterioso en la literatura». En esa misma fecha aparece *New Grub Street,* de Gissing. El de la muerte de Rimbaud es un año interesante en la literatura del siglo XIX, ya que pone término a una década en la que nacen una serie de escritores de gran importancia para el siglo XX. He aquí unos pocos títulos de obras aparecidas en 1891, libros curiosos puesto que difieren entre sí de una manera tan amplia: *Gösta Berling, La luz que agoniza, El pequeño lord, El retrato de Dorian Grey, Los cuadernos de André Walter, El libro de la piedad y de la muerte, Las aventuras de Sherlock Holmes, Allá lejos, Los frutos de la civilización, El fin de Sodoma, Tess la de los d'Urberville, Sixtina* (novela de la vida cerebral)...

¡Qué siglo de nombres! Permítanme agregar unos cuantos que no he mencionado: Shelley, Blake, Stendhal, Hegel, Fechner, Emerson, Poe, Schopenhauer, Max Stirner, Mallarmé, Chéjov, Andreiev, Verlaine, Couperus, Maeterlinck, Madame Blavatsky, Samuel Butler, Claudel, Unamuno, Conrad, Bakunin, Shaw, Rilke, Stefan George, Mary Baker Eddy, Verhaeren, Gautier, Léon Bloy, Balzac, Yeats...

¡Qué rebelión, qué decepción, qué ansia! Nada más que crisis, derrumbes, alucinaciones, visiones. Los cimientos de la política, la economía y el arte se estremecen. El aire está saturado de amenazas y de profecías del desastre que se avecina y que acaba por producirse en el siglo XX. Ya ha habido dos guerras mundiales y hay posibilidades de que haya otras antes de que expire el siglo. ¿Hemos tocado fondo? Todavía no. La crisis moral del siglo XIX no ha hecho más que ceder su lugar a la bancarrota espiritual del siglo XX. Es, sin lugar a dudas, «el tiempo de los asesinos». La política se ha convertido en un negocio de pistoleros. Los pueblos marchan en el cielo pero no cantan hosannas; y los de abajo marchan hacia las colas del pan. «C'est... l'aube exaltée ainsi qu'un peuple de colombes...»

Índice

Prefacio 7

Primera parte:
Analogías, afinidades, correspondencias y repercusiones 13

Segunda parte:
¿Cuándo dejan los ángeles de parecerse a sí mismos? . 65

Coda 121